河出文庫

極楽鳥とカタツムリ

澁澤龍彦

河出書房新社

目次

◎ 極楽鳥とカタツムリ

儒艮《じゅごん》　9
獏園《ばくえん》　44
象　75
犀《さい》の図　85
ドードー　91
鳥のいろいろ　97
鳥と風卵　103
極楽鳥について　113
桃鳩図《とうきゅうず》について　131
海ウサギと海の動物たち　150
原初の魚　160

魚の真似をする人類 167
頭足類 170
海胆《うに》とペンタグラムマ 180
貝 186
貝殻頌《しょう》 192
貝殻について 196
貝殻について 202
私の昆虫記 207
箱の中の虫について 212
スカラベと蟬《せみ》 232
毛虫と蝶 242

蟻の伝説　248
蟻地獄　254
蠅とエメラルド　260
タランチュラについて　265
クレタ島の蝸牛《かたつむり》　268
文字食う虫について　272
解説　虚数としての博物誌　獄本野ばら《たけもとのばら》　293
出典・初出一覧　300

極楽鳥とカタツムリ

儒《じゅ》艮《ごん》

唐の咸通《かんつう》六年、日本の暦でいえば貞観七年乙酉の正月二十七日、高丘親王《たかおかしんのう》は広州から船で天竺《てんじく》へ向った。ときに六十七歳。したがうものは安展に円覚、いずれも唐土にあって、つねに親王の側近に侍《じ》していた日本の僧である。

唐代になって安南都護府《あんなんとごふ》がそこに置かれ、アラビア人からルーキンと呼ばれていた交州（今日のハノイ）とならんで、そのころ、この広州は南海貿易のもっとも殷賑《いんしん》をきわめた港であった。古く漢代に番禺《ばんぐう》と呼ばれていたころから、この港には犀角、象《ぞう》牙《げ》、瑇瑁《たいまい》、珠璣《しゅき》、翡翠《ひすい》、琥珀《こはく》、沈香《じんこう》、銀、銅、果布が多くあつまり、それらは唐商によって中原《ちゅうげん》に積み出されていたという。その活気はげんに咸通の今日にいたってもおとろえず、遠くアフリカからアジアまでを股にかけて交易しているアラビアの船はもとより、天竺、師子国（セイロン）、ペルシアの船、それに崑崙《こんろん》船と呼ばれる南方諸国の船までが江上に舷《ふなばた》を接して、それぞれ甲板に肌の色も目の色もちがった、潮焼けした半裸の船子たちを右往左往させているさまは、さながら人種の見本市を見るかのようである。マルコ・ポーロやオデリコがこのあたりの海を通過するのはほぼ四百年ないし四百五十年後のことだが、すでに白蛮（ヨーロッパ人）のすがたさえ、あちこちの船上にちらほらしている。そうした毛色の変った人間のうろうろするさまを見ているだけでも、この広州の港のたたずまいはおもしろかった。

おおよその計画としては、親王の一行は小さな船に身を託して、この港から広州通海夷道と称する航路を南西に向ってすすみ、安南都護府のある交州で上陸して、安南通天竺道と称する陸路から天竺入りする予定だった。安南通天竺道は交州を起点として二路に分れ、一つは安南山脈を越えて扶南《ふなん》（シャム）方面へ出る道、もう一つは北方の峻険たる雲南の昆明、大理をへて驃《ピュー》（ビルマ）にいたる道である。どちらの道をえらぶか、まだこの段階では決めていなかった。場合によっては海路をえらび、大陸の沿岸づたいに占城《チャンパ》（ベトナム）、真臘《しんろう》（カンボジャ）、盤盤《ばんばん》（マライ半島中部）と過ぎ、羅越（シンガポール付近）の岬を迂回してマラッカ海峡からインド洋に出るという手も考えられなくはなかった。しかし実際のところ、海であれ陸であれ、どんな不測の危険が待伏せしているかもしれぬ未知の領域であってみれば、そんな計画的な旅はとても望めそうになく、さしあたっては運を風にまかせて、とにかく行けるところまで船を南にすすめることよりほかには考える必要もなさそうであった。

赤道に近い緯度だから、季節は一月の厳冬でも気温はさほど寒くない。風はむしろ生ぬるいくらいである。親王は舷に立って、背すじをまっすぐにのばし、両手を勾欄にかけて港の喧騒を眺めていた。とうに本卦がえりしているのに、どう踏んでも五十代の半ば以上には見えず、親王の背すじはいつもすくよかにぴんとのびていた。すでに船は準備をととのえて、船長《ふなおさ》の合図さえあればいつでも出航できる状態になっていた。そのとき、波止場の人群れをどなりながら荷をはこんでいた仲仕たちの足のあいだをすり抜けるようにして、岸壁から親王の船へ小ばしりに駆けこんできた少年があったので、親王はいぶかしげに、かたわらの安展と目を見合わせた。親王と同じ僧形ながら、安展は四十がらみの眼光するどい屈強な男である。

「いよいよ出発というぎりぎりの土壇場に、これはまた、おかしなやつが舞いこんできたぞ。」

「わたしが見てまいりましょう。」

やがて安展に引きずられて親王の前につれてこられたのは、頬のつやつやした、女の子みたいに手足のきゃしゃな、まだ子どもっぽい十五ばかりの少年だった。見かけによらず語学が達者で、つねづね親王の通訳をつとめている安展が、当地のことばで少年を問いただすと、息せき切って少年の答えるには、自分はひそかに主家を逃げ出してきた奴隷なので、追手に見つかれば殺されるにきまっているゆえ、どうかしばらく船の中にかくまってほしい。もし船がこれからどこかへ出帆するのならば、船といっしょにどこの外国へつれて行かれたとしても自分には少しも悔いるところはない。いや、それよりも船の中で淦汲《あかく》みであれ何であれ、せめて自分にできる仕事をやらせてもらえるならば、こんなありがたいことはないという切々たる訴えであった。

親王は安展をかえりみて、

「かわいらしい窮鳥がふところに飛びこんできたものではないか。追い立てるわけにはいくまい。つれて行ってやろう。」

安展は気づかわしげに、

「足手まといにならなければよいが。しかしまあ、みこがおつれになりたいとおぼしめすなら、おつれになるがよろしいでしょう。わたしはどっちでもいい。」

そこへ円覚もやってきて、

「天竺への渡海をひかえて、まさかにむごいこともできますまい。これはひょっとすると仏縁かもしれませぬ。みこ、つれて行ってやりましょう。」

三人の意見がどうやら一致したとき、艫から船長の声がひときわ高く、

「纜《ともづな》解けえ。面舵いっぱい……」

ゆるゆると江心にすべり出した船から岸壁を見ると、いましも少年を追ってきたら

しい男どもが二三人、疑わしげな目つきで遠ざかってゆく船を見やりつつ、口々になにか叫んでいる。間一髪のところで一命をとりとめた少年は嬉しさのあまり、親王の足もとに身を投げて涙にむせんだ。親王は少年の手をとって、

「おまえは秋丸という名をなのるがよい。つい先年まで、わたしの身辺の世話をしてくれる役目の丈部《はせつかべ》秋丸というものがいたが、このもの、長安で疫病《えやみ》を病んであえなくなった。おまえは秋丸の二世になったつもりで、わたしに仕えてくれ。」

　こうして高丘親王の渡天に扈従するものは安展、円覚、秋丸の三人になった。ここで円覚という僧について述べておけば、このものは安展よりもさらに五歳ほど若く、ひそかに唐土にあって練丹術や本草学をまなんだ俊秀であった。その日本人ばなれしたエンサイクロペディックな学識には、親王もつねづね一目を置いていたほどの人物である。

　船は広州の港を出ると、はるかに雷州半島と海南島をめざして、大海原にぽつんと浮かんだ一枚の木の葉のごとく、気まぐれな風にながされるままに船脚をはやめたりゆるめたりした。灼熱の南海はときに暈気をこめて油のように凪ぎ、船はすすんでいるのか同じ場所にいつまでも漂っているのか、それさえ分らぬような苛立たしい幻覚をもたらすことがあった。そうかと思うと、いまにも帆柱が風にへし折られるかと心配になるほど、波をかきたてて水面を飛ぶように快調に突っぱしらされることもあっ

た。まるで水の質量が時に応じて変化するかのようである。南海の風と水にはふしぎな性質があって、そこを航行する船に、まったく予想もつかないような物理的作用をおよぼすのではないかと思われるばかりだった。毎日、きまったようにはげしいスコールが降ったが、そのたびに視界はすべて暗澹たる灰色になり、天と水とが渺々とつらなったようになって、どっちが上だか下だかまるで分らなくなってしまう。自分の乗っている船がさかさまになって、茫々と泡だつ天をはしっているのかと目を疑うようなこともある。親王、その海のあやかしにつくづく感じ入って、

「これだけ極端に南へ下れば、日本の近海ではとても信じられないような、世界の上下が逆転するというようなこともありうるのかもしれぬ。いや、しかし、まだまだこんなことにおどろいたりしていてはだめだぞ。これからさらに天竺へ近づけば、おそらく、もっともっと奇妙なことがおこることを覚悟しなければなるまいからな。それこそ、おれの望んだことではなかったろうか。見ろ、天竺は近くなったぞ。喜べ、天竺はもうすぐおれの手のうちだぞ。」

小さな船の舳先に立って水しぶきを浴びながら、親王はだれにいうともなく、こんなことばを闇に向って吐きちらしていた。吐きちらされたことばはたちまち風に吹きとばされて、物質のように切れ切れに海の上をころがって行った。

親王がはじめて天竺ということばを耳にして、総身のしびれるような陶酔を味わったのは、まだほんの七つか八つのころだった。天竺、この媚薬のようなことばを夜ごとに親王の耳に吹きこんだのは、ほかでもない、親王の父平城帝の寵姫であった藤原薬子《くすこ》である。

すでに平城帝が安殿《あで》太子と呼ばれていたころから、薬子はその娘とともに東宮に宣《せん》旨《じ》として出入りするようになって、若い太子のこころをしっかりとつかんでいたので、やがて太子が平城帝として即位するや、れっきとした人妻であるにもかかわらず、その帝への密着ぶりはますますあからさまになった。薬子にとって得意の絶頂ともいうべき一時期で、このころ、薬子は宮中と別邸のあいだを急がしく往復するようにして、帝と枕を交わす夜をかさねていた。世間は薬子が帝を籠絡していると難じたが、スキャンダルに動揺するような薬子ではなかった。三十二歳の男ざかりであった帝に対して、薬子の年はいくつであったか、これはだれにも分らない。そもそもは自分の長女を太子のために入宮させるつもりだったので、年ごろの娘がある以上、帝よりも年上であったことはほぼ確実であろう。しかし薬子には年齢がないかのごとくで、旧にかわらず、あやしいまでに艶なる容色をいまに保っている。それには仔細があって、薬子はその名の示すように、唐わたりの薬物学や房中術にすこぶる蘊蓄《うんちく》があり、ひそかに丹をのんで若がえりの秘法を行っているのではないかというもっぱらの噂であった。

薬子とは、本来は一般名詞で、宮中における毒味役の側近のことを意味したらしい。それが個人の名前になったところに、おそらくは薬子の薬子たる所以があったのであろう。そういえば古代の本草学の書『大同類聚方』百巻が編纂されたのも平城帝の時代であった。意外に知られていないが、この時代の権力争いに薬物学や毒物学がいかに必要とされたかを考えてみるべきだろう。薬子とは、いわばこの時代の象徴的な名前だったはずだ。

平城帝はそのころ八歳の高丘親王をいたく愛していたから、なにかというと小さなわが子を薬子とともに物見遊山につれ出したり、宮中や別邸での宴席にはべらせたりした。母には内緒で、親王はよく薬子の別邸につれて行かれたし、そこに父とともに泊ることもしばしばだった。薬子は子どもに対して決してべたべたした愛想のよさを示したりはしなかったが、秘密をわかち合うもの同士のような、共犯者めいた一種の率直さと親密さで、子どものこころを自分のほうへ引き寄せることには先天的に長じていて、すぐに親王と仲よくなった。たまたま帝が政務の都合かなにかで空閨に眠らねばならないようなとき、薬子はすすんで子どもに添寝をしてやるまでになった。添寝をしてもらいながら聞く薬子の物語に、子どもは幼い夢をふくらませた。

「日本の海の向うにある国はどこの国でしょう、みこ、お答えになれますか。」

「高麗《こま》。」

「そう、それでは高麗の向うにある国は。」

「唐土《もろこし》。」

「そう、唐土は震旦《しんたん》ともいうのよ。その向うは。」

「知りませぬ。」

「もう御存じないの。それはね、ずっと遠いところにある天竺という国よ。」

「天竺。」

「そう、お釈迦さまのお生れになった国よ。天竺にはね、わたしたちの見たこともないような鳥けものが野山を跳ねまわり、めずらしい草木や花が庭をいろどっているのよ。そして空には天人が飛んでいるのよ。それればかりではないわ。天竺では、なにもかもがわたしたちの世界とは正反対なの。わたしたちの昼は天竺の夜。わたしたちの夏は天竺の冬。わたしたちの上は天竺の下。わたしたちの男は天竺の女。天竺の河は水源に向ってながれ、天竺の山は大きな穴みたいにへこんでいるの。まあ、どうでしょう、みこ、そんなおかしな世界が御想像になれまして。」

　語りつつ、薬子は生絹《すずし》の襟をくつろげ、片方の乳房をあらわにして、これを親王の手になぶらせる。いつからか、そういう習慣になっていた。また、じらすような微笑を浮かべると、その手をゆっくり親王の股間にのばして、子どもの小さな二つの玉を掌につつみこみ、掌のなかで鈴のようにころころと動かしたりする。息づまるような恍惚感に攻められながら、親王はだまって、相手のなすがままにさせている。これが薬子でなくて、宮中に掃いて捨てるほどいる女官のひとりでもあったなら、たぶん潔癖な親王は身ぶるいするほどの嫌悪から、相手を邪慳に突きはなしていたことでもあろう。それがそうならないのは、どんなにきわどい行為におよんでも、薬子のやることなすことが媚びや不潔さをみじんも感じさせないからだった。そこが親王は気に入っていた。

「みこ、みこはいまに大きくなったら、お船に乗って天竺へいらっしゃるのね。そうでしょう、きっとそうだとわたしは思います。わたしには未来のことが見えるのですもの。なれども、わたしはそのときはもうとっくに死んでいて、この世にはいないことでしょう。」

「どうして。」

「さあ、どうしてだか分りませぬが、未来をうつすわたしのこころの鏡は、わたしの死が近いことを告げているのです。」

「でも、薬子はまだ若いのに。」

「嬉しいことをおっしゃいます、みこ。なれども、わたしはかならずしも死ぬことを怖れてはいないのですよ。三界四生に輪廻して、わたし、次に生れてくるときは、もう人間は飽きたから、ぜひとも卵生したいと思っているのです。」

「卵生。」

「そう、鳥みたいに蛇みたいに生れるの。おもしろいでしょう。」

そういうと、薬子はつと立ちあがって、枕もとの御厨子棚《みずしだな》から何か光るものを手にとるや、それを暗い庭に向ってほうり投げて、うたうように、

「そうれ、天竺まで飛んでゆけ。」

その不思議なふるまいに、親王は好奇心いっぱいの目を輝かせて、

「なに、なにを投げたの。ねえ、教えて。」

薬子は事もなげに笑って、

「あれがここから天竺まで飛んでいって、森の中で五十年ばかり月の光にあたためられると、その中からわたしが鳥になって生れてくるのです。」

親王、それでもまだ納得せず、

「でも、あの光るものは何だったの。薬子が投げた光るものは。」

「さあ、何でしょうか。わたしの未生《みしょう》の卵とでも申せばよいのでしょうか。それとも薬子の卵だから薬玉と呼びましょうか。何と呼んだらよいか分らないようなもの。世の中にはね、みこ、そういうものがあるのよ。」

親王の記憶には、このときの薬子のすがたが影絵のように、いつまでも消えないで焼きつけられた。簀子《すのこ》に立って、月の光を浴びながら、なにか小さな光るものを庭に

向って投げている女のすがた。その小さな光るものが何だか分らないだけに、記憶のなかのイメージはいよいよ神秘の光をはなって、歳月とともに宝石のように磨きぬかれてゆくかのごとくであった。はたしてそんなことがあったのだろうか、あれは記憶の錯誤ではあるまいかと、後年におよんで、その事実を疑いたいような気持になることすらあった。しかし、やっぱりあったと考えなければならぬのだろう。まさか事実のなにもないところから、こんなにはっきりしたイメージだけが浮かびあがってくるはずはあるまいと、親王はそのたびに思ったものである。

　薬子のことばは謎のように聞えたが、それから四年たった大同五年の秋、にわかな乱がおこって、上皇側と天皇側とが対立、その渦中にあって薬子が死んだことを知らされたときには、親王もさすがに胸をつかれた。すなわち上皇となった平城帝とともに天皇側と一戦をまじえるべく、薬子は上皇と輿を同じうして、そのころ住んでいた奈良の仙洞御所から川口道を東に向って進発したものの、嵯峨帝の大軍に行く手をさえぎられ、やむなく御所に引きかえす上皇と別れて、ひとり添上郡越田《こせた》村の路傍の民家に毒をあおいで死んだのだった。あっけない死だったが、毒物学のスペシャリストときこえた薬子にふさわしい死といえないことはない。かねて自殺用に用意していた毒はトリカブトから採取した付子《ぶし》、すなわちアコニトンだったと後世の学者は推理するが、はたしてそうであったかどうか。

それよりさき、高丘親王は嵯峨帝の皇太子に立たせられていたが、この政治的紛争の結果はただちにあらわれて、薬子が死んだ日の翌日に、早くも皇太子を廃せられていた。みずから紛争のたねをまいた平城上皇が薙髪入道したのは当然だとしても、親王がただ上皇の子であるというだけの理由で、罪なくして皇太子を廃せられ無品親王に格下げされたのは、みずからの責任ではないだけにさぞや無念のことであろうと、ひとびとはしきりに同情した。しかし、そのとき十二歳になるやならずの親王にとって、じつのところ廃太子の件はなにほどのものでもなく、むしろそのこころに大きな空洞をのこしたのは、甘美な天竺のイメージとともに星が消えるように、いきなりこの世から消えていった薬子の存在だったにちがいない。

それから十年ほどたって、ようやく二十歳をすぎたころ、親王は翻然として落飾して、仏法を求めることを思いたつが、この親王の仏法希求の動機のなかにも、もしかしたら幼時、薬子によってあたえられた天竺のイメージが影をおとしていなかったとは断言しえまい。薬子の変によって皇太子の位を追われたための、いわば宮廷における政治的挫折感と疎外感が原因となって、あたかも親王の甥であった在原業平が色道修行におもむいたように、失意の親王が仏道修行におもむいたという生まじめな解釈も世に行われているようだが、それだけでは、その生涯をつらぬいて、天竺という一点に向ってきりきりと収斂してゆくかに見える親王の独特の仏教観は説明されないだろう。けだし、親王の仏教についての観念には、ことばの本来の意味でのエクゾティシズムが凝縮していたにちがいないからだ。エクゾティシズム、つまり直訳すれば外部からのものに反応するという傾向である。なるほど、古く飛鳥時代よりこのかた、新しい舶載文化の別称といってもよかったほどの仏教が、そのまわりにエクゾティシズムの後光をはなっていたのはいうまでもあるまいが、親王にとっての仏教は、単に後光というにとどまらず、その内部まで金無垢のようにぎっしりつまったエクゾティシズムのかたまりだった。たまねぎのように、むいてもむいても切りがないエクゾティシズム。その中心に天竺の核があるという構造。

十五年前に唐より帰朝して、令名すでに一世をおおっていた空海上人が、東大寺に真言院灌頂堂を建立したのは弘仁十三年だが、このころから早くも親王は上人に近づいている。ときに二十四歳。天竺好みでハイカラの尖端にあった真言密教の導師に親王が近づいたとしても、あやしむにたりないだろう。親王はこの灌頂堂で両部灌頂を受けて阿闍梨となり、上人の高弟のひとりに名をつらね、入定《にゅうじょう》した上人の四十九日の法会には、五人の高弟とともに高野山の奥の院まで遺骸に付き添っている。ときに三十七歳。年譜を書いているわけではないから詳細ははぶくが、そのほかに記すべきことといえば東大寺の大仏修造がある。斉衡二年五月、大仏のあたまが地に顚落するや、藤原良相とともに親王は修理東大寺大仏司検校という役につき、足かけ七年をついやして修造工事を完成させた。貞観三年三月における大仏開眼の法会は言語に絶する盛儀だったという。ときに六十三歳。

親王は京ではもっぱら東寺のほか、東は山科や醍醐小栗栖あたりに住せられたという伝説もあり、西は西山の西芳寺、北は遠く丹後の東舞鶴の金剛院にも幽居したらしい。西芳寺はのちに臨済宗になったが、鎌倉時代までは真言宗の教院であった。また父の平城帝の御陵に隣接した奈良の佐紀村に超昇寺という大きな寺を住持せられて、そこからしばしば高野山にのぼったり、南河内や南大和あたりの真言寺院を歴巡したりした形跡もある。

かように俗塵をきらい幽居を好んだためか、親王の異名の一つに頭陀親王という尊称があるほどだ。頭陀とは、身を雲水にまかせた質素な托鉢行脚の生活をいう。異名といえば、これほど異名のあるひともめずらしく、後世一般には法名により真如親王あるいは真如法親王と称するが、本名は高丘親王であり、そのほかに禅師のみことか、みこの禅師とか、入道無品親王とか、入唐三のみことか、池辺の三の君とか、さらにまた、うずくまり太子などという異様な呼び名さえある。うずくまりとは、一見、いかにもひっこみ思案で優柔不断な性格を暗示しているようで、おもしろい。そういう性格のひとだったからこそ、かえって逆に古代日本最大のエクゾティシズムを発揮することができたのではなかったか。

もう一つ、親王の行跡のなかで見のがすことのできないのは、大仏開眼供養がおわるのを待っていたように、同じ貞観三年三月、すでに六十すぎの親王がみずから上表して諸国行脚の許可を願い出ていることであろう。「出家以後四十余年、余算やや頽す。願うところは諸国の山林を跋渉し、斗藪《とそう》の勝跡を渇仰するにあり」という『東寺要集』のなかの上表文を見ると、死ぬまでに日本全国をあるきまわりたいという親王のせっぱつまった気持が今日の私たちにもぴんと伝わってくる。同じ上表文によれば、この諸国行脚に同行するものは従僧五人、沙弥三人、童子十人、従僧童子各二人で、山陰山陽南海西海道をまわるつもりだったらしい。しかし、おそらくこの回国修行の計画は実現しなかったであろう。なぜなら、一度はその気になったものの、すでに日本国内では親王のこころは満たされないもののごとく、ふたたび同じ年の三月に上表して今度は入唐の勅許を奏請しているからだ。

大仏開眼の法会のあった貞観三年三月から、たった五カ月しかたっていない八月九日に、早くも親王は難波津から九州行の船に乗って、大宰府の鴻臚館まで来てしまっている。あっというまに、ぱたぱたと事がはこんでしまったふぜいで、諸国行脚どころではなく、もうこのときには親王のこころには入唐のことしかなかったはずだ。翌貞観四年七月、かねて唐の通事張友信に命じておいた船ができあがると、さっそく親王は僧俗合わせて六十人の集団をひきいて新造の船に乗りこみ、当然のごとく唐に向っている。この六十人の集団のなかには、のちに渡天に同行することになる僧安展もふくまれていた。

船はいったん、五島列島のはずれの遠値嘉島《とおちか》で順風を待ってから、ふたたび発して激浪の東シナ海を突っきり、ついに明州の揚扇山に着いたのは九月七日のことだった。明州から越州に移り、入京許可の手つづきをしながら待つこと一年八カ月、ようやく許可がおりて親王が洛陽から長安城に入ったのは貞観六年五月二十一日である。同行者の大半はすでに日本へ帰らせていたから、このときの一行は出発時にくらべればきわめて小人数になっていた。『頭陀親王入唐略記』には、留学僧円載が親王入城のことを懿宗に奏聞するや、皇帝はいたく感嘆したとある。

ここでおどろくべきは、五月に長安に入城したばかりの親王が休むひまなく、その年の夏か秋に、ただちに円載をして渡天の手つづきを執らしめていることであろう。どうやら最初から親王の真の目標は天竺にあり、諸国行脚も入唐も、洛陽も長安も、そこに到達するための単なる布石にすぎなかったのではないかという気がしてくる。洛陽や長安で、かの地の高僧を相手に何度となく問答をかさねた末、どうしても解くことができなかった仏法の真理を求めて、やむなく天竺へわたることを決意したというのでは、よもやあるまい。そんな悠長なはなしではなく、単刀直入に、ぶっつけ本番に、親王は長安に入城するとすぐ、天竺へわたる手づるを求めたのだった。

皇帝から渡天の許可をえて、親王が勇躍して長安を発し、捷路をへて広州に向ったのは同年十月中である。杉本直治郎氏の説を引いてややくわしく述べれば、長安より南下して藍関をすぎ、秦嶺の一峰なる終南山を横断して漢水の流域に出、襄陽から虔州大庾嶺か郴州路かのいずれかを取って広州に向ったのであろうという。長安から広州までの距離は四千里ないし五千里、親王の一行はたぶん馬で二カ月ほどかかってこれを踏破したのであろうという。この一行のなかには、むろん安展もいたし円覚もいたはずだ。

広州に着いてみると、あたかもよし、風は東北モンスーンの最終季節にあたっていたので、親王の一行はここで稽留すべからずとて、ただちに南へ向う便船に乗りこんだ。それが貞観七年正月二十七日のことである。

雷州半島と海南島のあいだの水道をぬけると、海はいよいよ青ぐろく、黐《もち》のような粘りけさえ発して、名にし負うモンスーンもあらばこそ、船は遅々としてすすまなくなった。ひがなひねもす、どんよりした陽ざしの中に水蒸気の幕のような濃霧が垂れこめて、視界はさっぱり見通しがきかない。しかも蒸し暑い。夜ともなれば、ねっとりした水のおもてに小さな蛍のように光るものがぽつぽつ、なにかと見れば夜光虫である。南の海にはめずらしくもないが、うんざりするほどの退屈をもてあましていた親王の一行には、それさえ目を楽しませる一時のなぐさめであった。

あまりの退屈にやりきれなくなって、親王は舷に腰をおろすと、長安で手に入れた一管の笛を吹いてみることを思いたった。期待してもいなかったが、笛はよく鳴った。ながれる笛のしらべが舷から海へ、けむりのようにただよって広がると、水のおもてが一個所、もくもくとふくれあがって、そこに、なにとも知れず、坊主あたまの生きものがひょっくり顔を出した。笛のしらべについ誘われたというけしきである。親王は気がつかなかったが、同じく舷にいた安展はすぐに気がついて、このことを船長に知らせた。船長は水のおもてを透かして見ると、

「ああ、あれは儒艮《じゅごん》でござります。このあたりの海にはよく見かけます。」

退屈まぎれに船子たちの手で甲板に引きあげられた全身うす桃色の儒艮は、船長のさし出す肉桂入りの餅菓子を食い、酒をのませてもらうと、満足そうにうつらうつらしはじめた。やがて、その肛門から虹色のしゃぼん玉に似た糞が一粒、また一粒と、つづけざまに飛び出して、ふわふわと空中をただよっていたかと思うと、ぱちんと割れて消えた。

秋丸はこの儒艮がすっかり気に入ったらしく、自分が世話をするから船中で飼ってもよいかと、おそるおそる親王にうかがいを立てた。親王が笑って許したので、それ以後、儒艮は公然と船中で一行と寝食を共にすることになった。

あるとき安展が物かげから見ていると、索具に腰かけた秋丸は真剣な顔をして、そ

の前で大きな鰭をぱたぱたさせている儒艮に向って話しかけている。どうやらことばを教えているつもりらしく、一語一語を区切っては嚙んでふくめるように、

「そーぶ、あじぇめと、にー。」

安展、思わず吹き出しそうになって、うしろをふり向くと、たまたまそこに円覚も来合わせて、

「あれは唐音ではないな。どこの蛮族のことばか。」

安展もひそひそ声で、

「うむ。それはおれもさっきから気づいていた。案ずるに、あれは烏蛮のことばではなかろうか。」

「烏蛮。」

「うむ。雲南の奥に住む羅羅人《ローロー》のことさ。そういえば、あの秋丸の平べったく丸い顔には、どこか羅羅人を思わせるところがないでもない。」

しかしおどろくべきは、秋丸の親身の語学教育がよろしきをえたためか、それから十日ほどもたたぬうちに、ほんの片言の口まねにもせよ、あきらかに儒艮が人間のことばらしきものを口にしはじめたことであった。むろん、秋丸以外の人間には通ずべくもない鴃舌《げきぜつ》であったが、それでも獣類がことばらしきものを発したのだから大したものである。親王はこれを奇瑞として喜んだ。

そのころから、いままで絶えていた風が急にはげしく吹きはじめ、船は一転して海上を猛スピードではしり出した。適度ということがなく、いったん吹き出すと昼夜のわかちなく吹きに吹くから厄介な風で、これはえらいことになったぞと一同が怖じけをふるい出すころには、すでにどこから見ても完全に暴風の様相を呈していた。それが十日ばかりもつづいた。こうなると小さな船はどうにもならず、どんどん南にながされるのを手を束ねて見ているよりほかはない。おそらく交州なんぞはとっくに通り過ぎたであろう。まだしも沈まないのが不幸中のさいわいで、どこでもいいから陸地さえ見えてくれればと、祈るような気持で屋形の内に逼塞しているのがやっとであった。親王をはじめ、一同が船酔いで気息奄々としているのに、どういうものか秋丸と儒艮だけは平然たるものだった。

ようやく風がおさまって、雲の切れめから久しぶりに青空がのぞき出したのは、こうして十日ばかりも正体なく南へ南へと吹きながされたあとだった。ときに、見張りの船子が帆柱の上から大声をはりあげて、

「陸地が見えたぞお。」

とたんに、げっそりしていた一同が活を入れられたように、甲板にわらわらとあつまって、行く手の海上に浮かぶぼんやりした島山のかげを熱心に見つめ出した。いや、島山などというものではなくて、それは左右にどこまでも長く海岸線のつづく、厚い

緑の樹々におおわれた、途方もなく大きな陸地の一部にほかならなかった。

「どこだろう、ここは。交州よりはよほど南らしいが。」

「交州どころではない、ここは越人の住む日南郡象林県、あるいは近ごろ占城《チャンパ》と呼ばれている土地ではないかと思う。やれやれ、とんでもないところまで押しながされてしまったぞ。」

「チャンパという土地の名は、維摩経なんぞに出てくる植物、瞻蔔《せんふく》と関係があるのではありませんか。その花が遠くまで匂うので、金翅鳥が寄ってくるという樹です。梵語でチャンパカといいます。」

「さすがは円覚、経典にあかるいな。たぶん、このあたりには芳ばしい金色の花をつけるチャンパカの樹が多いのだろう。ほれ、見てみるがいい。名も知らぬような熱帯の樹々がびっしり、つい波打ちぎわまで隙間もなく生い茂っているではないか。さあ、上陸だ。」

マングローヴの根のわだかまった入江に、ほとんど坐礁するようなかたちで、船はしぜんに乗りあげてしまった。何十日ぶりかで吸いこむ、むっとするような鬱蒼たる植物の匂いに、一同は生気を取りもどしたような思いを味わった。いよいよ上陸である。儒艮も鰭でよちよちあるきながら、けなげにも、陸の上まで一同について行きたいという意志をあらわした。

密林のあいだに、わずかにひとの通った跡らしい、道のようなものができている。たけだけしい羊歯類や木の根を踏み分けて、しばらく暗い樹間を通りぬけると、やがて眼界がぱっとひらけて、枯草のいちめんにはえた、たいそう広い空き地に出た。そして、そこには人間がいた。

このあたりに住む越人であろう、四五人の男が車座になって、にぎやかに談笑しながら、なにか飲み食いしている。よく見ると、肉や魚を手づかみでむしゃむしゃ食いながら、ときどき小さな陶器の碗にストローをさしこみ、そのストローの先端を鼻の穴に挿入して、碗の中の液体を鼻から吸いこんでいる。みながみな、同じことをやっている。枯草のかげから、このありさまを眺めた親王は不審にたえず、声をひそめて、

「おかしなことをやっているな。円覚、あれをなんと見る。」

「わたしも見たのは初めてですが、あれこそはかねがね伝え聞く鼻飲《びいん》という越人の風習でしょう。ああして酒や水を鼻から吸いこむのが、連中にとっては、なんともいえぬ妙味のあるところらしいのですね。」

そのとき、親王が不覚にも一発、枯草のかげで音高らかに屁をひったので、飲み食いしていた男どもはいっせいにこちらを向くと、わけの分らぬ土語をわめきちらしながら、立ちあがって寄ってきた。これには一同、少なからず緊張した。みずからポリグロットをもって任じている安展も、このあたりの土語までは手の内におさめていな

かったから、すすんで通訳することもならず、円覚とともに当惑して立っているよりほかはなかった。

男どもはしかし、親王や安展や船長たちには目もくれず、一行のなかでいちばん若い秋丸にぎらぎらした異様な目をそそぐと、その中のひとりがいきなり秋丸を横抱きに抱いて駆け出した。秋丸は手足をばたばたさせて必死にあらがうが、二倍もありそうな大男にはさっぱり通じない。そのまま仲間とともに秋丸をさらって行こうとするのを、さすがにだまって見ているわけにはいかず、まず安展が追いかけた。

若いころは喧嘩っぱやく、しばしば濫妨狼藉のふるまいがあって寺から追い出されたこともある安展、腕っぷしには自信があったから、つかつかと追いすがるなり、物もいわず、秋丸をかかえた大男にうしろから足ばらいをかけた。そして大男がよろけ、秋丸をどさりと地におとしたところを、さらに正面から相手の胸に頭突きをくらわせて、あおのけざまにこれを転倒させた。一瞬の早わざで、仲間たちは手出しするひまもなく、気を呑まれたようにたじたじと引きさがった。またいつあらわれるか分らないが、ともかく男どものすがたはこうして見えなくなった。

よほどショックが大きかったのか、枯草の上に投げ出されたまま、うっとりと気を失っている秋丸のそばに、だれよりも早く小ばしりに駆け寄ったのは親王であった。と、親王はそこに見るべからざるものを見たと思った。すなわち肩から胸にかけて、びりりと引き裂けた秋丸の衣服のあいだから、豊満というにはいささか欠けるが、あきらかに女のものである乳房がのぞいていたからである。

その夜、やむなく森の中の空き地で野宿することになった一同が寝入ってから、焚火のほとりで、親王と安展と円覚の三人が額をあつめて談合した。

「仏門の徒が女をつれて旅をするのは、いかがなものか。こうと正体が知れた上は、かわいそうだが秋丸には暇をとらせるほかはなかろう。」

「足手まといになるのではないかと、最初からわたしは心配だった。これから天竺まで行くのに、もしも雲南を越えるとすれば、険所はいたるところにあるだろう。女のかよわい足では一つだって乗りきれまい。」

親王はだまって聞いていたが、やがてふたりの意見が出つくしたと見ると、しずかに笑って、

「いや、それほど気にしたものでもない。男とか女とかいうことに、それほどこだわることもない。みなも知っているように、秋丸は最初は男だった。それがここへきて女になった。天竺へ近づけば、また男になるかもしれないではないか。それくらいの奇蹟がおこることを覚悟していなければ、とても天竺なんぞへ足を踏みこめたものではないよ。とにかく秋丸の行けるところまで、つれて行ってやったとしても不都合なことはあるまい。」

この親王の理窟は、安展や円覚にはよく呑みこめなかった。しかし親王の鶴の一声で、ふたりはいっぺんに迷いが晴れたようになり、そんなつまらないことにくよくよしていた、それまでの自分が恥ずかしくなった。

最初はそれほど気にならなかったが、森の中で一夜をすごしてみると、この地方の気温のおそろしく暑いことが身にしみて分るようになった。日本では考えられないような、気がめいるほどの暑さである。朝になって、一行はふたたび森の中をあるき出したが、正午に近い陽ざしがじりじり照りつけるようになると、もう笠なしではあいてなんかいられない。とある菅《すげ》の茂みの中で、それぞれ手製の菅笠をつくって、それをあたまにかぶってあるくことにした。秋丸は自分の笠のほかに、儒艮の笠もつくってやった。しかし、水から出るだけでもいいかげん苦しいのに、さらに暑さが加わって儒艮はめっきり弱り、どうにか秋丸に支えられて遅れずについてはきたものの、その日の午後、ついに力つきたもののごとく死んだ。死ぬ前に秋丸に向って、はっきり人間のことばでこういった。

「とても楽しかった。でも、ようやくそれがいえたのは死ぬときだった。おれはことばといっしょに死ぬよ。たとえいのち尽きるとも、儒艮の魂気がこのまま絶えるということはない。いずれ近き将来、南の海でふたたびお目にかかろう。」

謎のようなことばをのこして、儒艮はしずかに目をつぶった。森の片すみに穴を掘って、儒艮の死体を手厚くほうむると、墓の前で三人の僧がねんごろに読経した。また、儒艮が初めて海から出てきたときに笛を吹いていたことを思い出したので、親王は死せる海獣の供養のために、ふたたびここで笛を吹いてやることを思いついた。熱帯の森の中に、笛の音はほそく冷たく泉のようにながれ、樹の間に分け入り、ひときり冴えわたって鳴りひびいた。

するとそこに異様なかたちをした生きものが飛び出してきた。

「ああ、うるさい、うるさい。おれは笛なんか大きらいだ。せっかくいい気持に昼寝をしていたのに、やくたいもない笛の音で起されてしまった。ええ、いまいましい。」

耳ざわりな金切り声でわめきながら、せわしなく動きまわる生きものはと見れば、これはいかなる生きものだろう。口は細長くのびて管のごとく、尾はふさふさと長毛を生じて扇のごとく、そして四つの足は藁の脛巾《はばき》でもはいたように、あるいは毛沓《けぐつ》でもはいたようにもしゃもしゃしている。とがった口の先から、しきりに長い舌をぺろぺろ出している。せかせかとあるくたびに、袴の裾をひきずるように、尾の長毛が地を掃いて風を巻きおこす。

親王はおもむろに笛を錦の袋におさめると、つくづくあきれたように、

「円覚、おまえなら知っているだろう。この奇態な生きもの、これは何というものだ。」

円覚はあたまをかいて、

「いや、これぱっかりはわたしにもとんとこころあたりがありませぬ。かの山海経にも出ていないような、想像を絶する化けものとしかいいようがない。打ち見たところ、どうやら人語をあやつることができるらしいから、ひとつ、わたしが問答して素姓を洗い出してみましょう。」

円覚、一歩すすみ出るや、生きものをきっとにらんで、

「これ、化けもの、なんじはみこのお吹きになる笛を、事もあろうにうるさいなどとぬかしおった。無礼であろう。知らなければいって聞かせるが、このお方は平城帝第三の皇子、つとに落飾なされて伝燈修行賢大法師位をえられた真如親王であらせられるぞ。もし名があるならば、なんじもわるびれずに名をなのったらどうだ。」

生きものはけろりとして、

「おれは大蟻食いというものだ。」

円覚、みるみる怒りに顔をまっかにして、

「ふざけるな。まじめに答えろ。こんなところに大蟻食いがいてよいものか。いるはずがないぞ。」

いまにも相手につかみかからんばかりの剣幕なので、親王、見るに見かねて、

「おいおい円覚、なにもそう赤くなって怒ることはあるまい。ここに大蟻食いがいた

としても、べつだん、かまわないではないか。」

円覚は食ってかかるように、

「みこはなにも御存じないから、平気でそんな無責任なことをおっしゃいます。それなら、わたしもあえてアナクロニズムの非を犯す覚悟で申しあげますが、そもそも大蟻食いという生きものは、いまから約六百年後、コロンブスの船が行きついた新大陸とやらで初めて発見されるべき生きものです。そんな生きものが、どうして現在ここにいるのですか。いまここに存在していること自体が時間的にも空間的にも背理ではありませぬか。考えてもごらんなさい、みこ。」

するど大蟻食いが横合いから口を出して、

「いや、そんなことはない。おれたち一類の存在がコロンブスごときものの発見に左右されるなどとは、とんでもない言いがかりだ。見そこなっては困る。おれたちは人類よりも古く、この地上に生をいとなんでいるものだ。およそ蟻の生きているところ、おれたちが生きてはいけないという法があろうか。おれたちの生きる場所を新大陸に限定しようとは、あまりにも虫のよい人類本位の考えかたではないか。」

円覚はひるまず、

「それではきくが、なんじは新大陸からいつ、どうしてここへ渡って来たのか。もしそれに答えられなければ、なんじの存在は虚妄ということになるぞ。」

大蟻食いは少しもさわがず、

「おれたち一類の発祥した新大陸のアマゾン河流域地方は、ここから見て、ちょうど地球の裏側にあたっている。」

「それがなんとした。」

「つまり、おれたちは新大陸の大蟻食いにとってのアンチポデスなのだ。」

「なに、アンチポデスだと。」

「いかにも。地球の裏側には、ちょうど物のかげが倒立して水にうつるように、おれたちの足の裏にぴったり対応して、おれたちとそっくりな生きものがさかさまに存在している。それがアンチポデスだ。新大陸の大蟻食いとおれたちと、どっちの存在が先か後かは問うところではない。おれたちは蟻塚をこわして蟻を食うが、この地方にも新大陸におけるとそっくりな、おびただしい蟻塚があるのをおぬしはなんと見る。おれたちは蟻塚によって、最初からここに生きる権利を保障されているようなものではないか。」

ここで親王が両者のあいだに割って入って、

「もうよいわ。その議論、わたしがあずかろう。まことに、大蟻食いのいうことにも一理はある。円覚もあんまりむきになるな。アンチポデスといったな。そのアンチポデスを見んがために、わたしははるばる天竺への渡航をくわだてたといっても過言ではなかろう。ここで大蟻食いに出会ったのは、だから、もっけのさいわいだったといってもよいくらいじゃ。ときに、さきほどのはなしの中に蟻塚というものが出てきたのをおぼえているが、わたしは蟻塚なるものをまだ一度も見たことがない。大蟻食いとやら、さしつかえなければ、そこへ案内してはくれぬか。ついでにおぬしが蟻を食うところを見せてもらえるなら、それもありがたい。」

大蟻食いは機嫌を直して、さっそく一同の先頭に立つと、長いからだをゆすぶりながら、ずんずん森の奥へ分け入った。生きものの好きな秋丸は大喜びで、大蟻食いのすぐうしろにしたがった。

行くこと一里、たちまち視界がひらけて、そこに円錐形の蟻塚の高くそびえているのを目にしたときには、一同、声もなく立ちすくんだ。だれしも、こんな奇怪なものを見たのは初めてだったからである。なんといったらよいか、松ぼくりのようなかたちのものが桁はずれの大きさに引きのばされて、地下から地面を突きやぶって飛び出してきて、にょっぽりと中空に立ちはだかったというけしきで、その見あげるばかりの高さは、とても昆虫がつくったものとは思われず、この地方の古代文明の遺跡ではないかと思われるほどの魁偉さだった。

その蟻塚のざらざらした表面の、ちょうど背のびした人間の手がとどくほどの高さのところに、これは何だろうか、桃の実くらいの大きさの、つやつやした緑色の円い石みたいなものが嵌まりこんでいるのに、ゆくりなくも親王は気がついた。ひとたび気がつくと、その正体はなにか、どうしても知りたくてたまらなくなった。これは大蟻食いにきくよりほかはない。大蟻食いはいましも蟻塚の一角に爪で穴をあけて、そこから細長い口をさしこんで、その長い舌で器用に蟻を食べているところだったが、親王に問われるにおよんで、およそ次のようなことを語った。

「われら一類のあいだに伝わる伝承では、いつのことか、あの石は海のかなたの国から飛んできて、非常ないきおいで蟻塚にぶちあたったので、かくは外壁にふかくめりこんでしまったと申します。取ろうとしても取れませぬ。石は翡翠だそうで、月のあきらかな夜、透きとおるように光って、その中に一羽の鳥のすがたが見えるといいます。月に照らされて、月の光を吸いこんで、石の中の鳥はだんだん大きくなりました。いずれは、石の殻をやぶって、誕生の羽ばたきとともに、かなたの空に飛び立つことでしょうが、そのときにはわれらアンチポデスの一類、ことごとく実体をうしなって消滅してしまうのではないかと心配しているものもいるようです。不条理なはなしですが、そういう伝承があるのです。」

この伝承に親王はふかくこころを動かされたが、さあらぬ態をよそおっていた。ただ暦学にくわしい円覚に向って、さりげなく次のようにきいただけだった。

「次の満月の夜はいつかな。」

「上弦がふくらみかけておりますから、あと二三日のことと存じます。」

その満月の夜、仮寝の床でみなが眠りこんだのを確かめると、親王はこっそり起き出して、たったひとりで草木を踏み分けて森の中をあるき、かの蟻塚の前に立った。月はまだ空にのぼりつつあり、その下にくろぐろとした偉容を示す蟻塚は、昼間の光の中で見たときよりもさらに奇怪だった。

息をころして待つこと半時、やがて月が中天に達するや、蟻塚はひときわあかるく照らし出され、それとともに、蟻塚の外壁に嵌まりこんだ小さな石も、はっきりそれと見分けられるまでになった。いや、見分けられるどころではなく、すでに石は目にまぶしいほどの晃々たる光をはなって、どうしてもそこに目を向けずにはいられなかった。親王はそこにひたと目を向けた。鳥はいた。内部から滾々《こんこん》とあふれ出る光に浴して、石の中の鳥は目にもけざやかに、いまにも殻をやぶって飛び立たんばかりのすがたに見えた。

そのとき、ふいに親王のこころに思い浮かんだ考えは、自分でもまったく意想外で、いかにも突飛なようで、すぐにはみずから納得しかねるほどのものだった。すなわち、もしこの鳥が石の殻をやぶる前に、自分が思いきって、この石を日本に向けて力いっぱいほうり投げるとすれば、みるみる時間が逆行して、ふたたび過去が目の前に再現するということもありうるのではないか。そんな途方もない考えだった。むろん、そういう考えがあたまに湧いてくるためには、そのとき親王のこころに、あの何とも知れぬ光るものを暗い庭に向って投げた、影絵の中の女のような、六十年前の薬子のすがたが思い浮かんでいなければならないはずだった。

「そうれ、天竺まで飛んでゆけ。」親王の耳には、あのときの薬子のことばが音楽のように鳴っていた。

親王は誘惑とたたかった。いっぽうでは、鳥が石の中から飛び立つのを見たいという気持もないわけではなかった。しかし他方では、鳥を石の中に封じこめたまま、ふたたび甘美な過去の時間にひたってみたいという気持も強くあった。すなわち石を日本へ投げて時間を逆行させれば、なつかしい薬子に会えるのではないかという万が一の期待である。誘惑はついに勝って、親王は背のびして手をのばすと、ざらざらした蟻塚の外壁の、ついあたまの上ほどの高さのところで光っている石を、力をこめてもぎ取ろうとした。石はぽろりと落ちた。そのとたん、光は消えて、石はただの石になっていた。

親王は気落ちしたように、その夜のうちに一同のところへもどった。そして、このことは自分ひとりの胸に秘めて、あえてだれにもしゃべらなかった。のちになって、たまたま一同の前で大蟻食いのことを話題にしたことがあったが、安展も円覚も秋丸も、なんのことかさっぱり分らないといったふうに、きょとんとした顔つきをしているのを見て、親王はあらためて狐につままれたような思いをふかくした。どうやらそんな生きものには、ついぞだれも出会わなかったらしいのである。

獏《ばく》園《えん》

盤盤《ばんばん》という国の名が初めて出てくる文献は唐代に成立した『梁書』であろう。そこにはマライ半島にあったとおぼしい国々として、頓遜《とんそん》、毗騫《びけん》、盤盤、丹丹《たんたん》、干陁利《かんだり》、狼牙脩《ろうがしゆう》の六国があげてある。六世紀後半から七世紀前半にかけて、真臘（カンボジャ）が興って扶南（シャム）を圧迫すると、もっとも古くからインド文明の影響を受けていた扶南の文化は、その大乗仏教とともに南下して、マライ半島中部のバンドン湾にのぞむ盤盤にうつった。『梁書』に見える他の五国はすべて七世紀以降に影がうすくなるのに、この盤盤だけが唐代を通じてしぶとく生きのびるのは、おそらく同地が東部インドの大乗仏教研究の中心地たるナーランダーと、新たにスマトラ島に興った仏教王国スリウィジャヤ（室利仏誓）とをむすぶ航海上の中継地点に位置していたためであろうと推定されている。スリウィジャヤの首都はスマトラ島にはなく、この盤盤にあったのではないかという説さえあるほどで、ここには見るべき仏教遺跡も多い。伝説によれば、盤盤の太守は霊囿《れいゆう》をいとなんでいたともいう。霊囿ということばは『詩経』の「大雅」に出てくるが、周の文王が禽獣を放し飼いにしていたという一種の動物園だと思えばよいのであろう。

七世紀の終り、求法のために天竺へ旅をした唐僧義浄は前後七年半ほども、スリウィジャヤを中心とする南海諸国に足をとどめていたらしいので、この盤盤にも、たぶん見学がてら立ち寄ったのではないかと想像される。そうとすれば、義浄は高丘親王に二百年ばかり先だって盤盤を訪れた、まれなる先達ということになる。しかも義浄は首尾よく入竺をはたしているのだから、親王にとっては、もって範とすべき人物ということにもなろう。そうはいっても、そのころ高丘親王が義浄の行路をくわしく知っていたとはとても考えられない。マライ半島に仏教のさかんに行われている国があるなんてことも、さらに親王は知らなかったはずであろう。

その日もまた、おそろしく暑い日であった。野生のゴムの樹や椰子やバナナのたけだけしく生い茂った、昼なお暗い密林のあいだの下道をあるいていると、天竺へ行くという当初の目的もつい忘れて、いったい何のために、こんな暑い気候の土地をうろうろしていなければならないのかと、気がへんになりそうなほどであった。実際、どっちへ向って足をすすめれば天竺へ近づくことになるのか、あるいている本人がとんとおぼえなく、ただ一同そろって、やみくもに足を動かしているよりほかはないという状態だったので、いいかげん気がおかしくなるのもむりはなかった。めいりがちな気を引きたたせるために、親王はあるきながら、道ばたにはえている草花や、その草花にとまっている虫を一同に示しては、それらがいかに日本で見慣れているそれとはちがった種類のものであるかを観察させた。本草学にくわしい円覚がすすみ出て、いちいちこれに講釈をつけた。

「これは貝母《ばいも》という植物に似ていますね。引きぬいてごらんなさい。小さな貝殻が寄りあつまったようなかたちの根をしていますから。貝母という名は、そこから来ているのです。しかし、こんなに大きな花をつけた貝母はついぞ見たことがありませぬ。」

秋丸が石の下から大きなダンゴムシを見つけると、円覚はすかさず、

「ああ、これは鼠婦《そふ》といいますね。ただし『爾雅』には鼠負とあります。穴の中にいる鼠の背中に、この虫が負われたようにへばりついているからです。いまでは鼠婦と書くようですが、これはまるで意味が通じませぬ。一説には、これを食わせると鼠がよく淫するから鼠婦というそうですが、どうもこじつけめいていますね。さわってごらんなさい。たちまち丸くなってしまいますよ。」

しばらく行くと密林が急にひらけて、いちめん青々とした草のはえた原っぱに出た。短い芝のような草で、ふりそそぐ陽を浴びてきらきら光っている。原っぱのまんなか

には椰子の樹が二三本立っている。まともに頭上から陽を浴びるのだから、ここは密林の中よりもさらに堪えがたい暑さではないかと思われたが、案に相違してしのぎやすかったのは、椰子の樹の葉をそよがせて、どこからともなく吹いてくる風のせいにちがいなかった。ほっとした一同、ここにしばらく腰をおろして、次にはどちらの方向へ足を向けるべきかを、じっくり検討してみることにした。

草の上に腰をおろすとひとしく、秋丸が頓狂な声をあげて、

「おや、へんなものがある。これはきのこかしら。円覚さま、教えてくださいませ。この丸いものはなんでしょうか。」

みなみな顔を寄せて、その得体の知れぬものを眺めれば、それはどうやら植物らしく、草のあいだに鞠のような大きさの丸いかたちをのぞかせていた。丸いかたちの下に根がはえているのかもしれない。色は白っぽく、うすい膜におおわれているが、膜の内部はふわふわした泡でできているようで、そこに実質があるとも思われない。円覚、しげしげと打ち眺めて、

「古くから馬勃《ばぼつ》といううきのこの一種が知られていますが、それではないかな。もし馬勃ならば、たたけば頂端にある小さな穴から、けむりのような粉がもくもくと飛び散るはずです。ひとつ、わたしがやってみましょう。」

しかるに、円覚の指にふれるや、その丸いものは空気がぬけるように、みるみる小

さくしぼんでしまった。べつだん粉が飛び散るわけでもない。そして風に吹かれるままに、ころころ草原の上をころがった。根がはえているわけでもないらしい。しかも、ころがったとたん、名状すべからざる香気があたりに立ちこめて、一同の鼻を打った。疑いもなく、この丸いものから発する香気が風にのって、空気中に拡散したものと知れた。親王、うっとりと酔ったような気分になって、

「ふしぎじゃ。えもいわれぬ匂いじゃ。こんな香気を嗅いだのは初めてだが、なぜか初めてのような気がしない。骨髄にしみとおるような、なつかしい匂いじゃ。円覚、おまえの見立てはどうやらはずれたようだぞ。察するところ、これはきのこではないな。」

円覚もうなずいて、

「おおせの通り、とてもきのこのことは思われませぬ。いや、植物ですらないかもしれませぬ。わたしの想像いたしますのに、なにかこう、女の脂粉の香に近いような……」

安展がじろりと横目で見て、

「おぬし、そんな大きな口がきけるほど、女を知っているのか。」

これには円覚もしょげて、ことば半ばにだまってしまった。

秋丸はと見れば、風に飛ばされた丸いものを追って、両手にこれを拾いあげると、その中に自分の鼻を突っこむようにして、むさぼるように香気を嗅いでいる。みなの

話す声も聞えぬらしい。安展は眉をひそめて、

「おい、秋丸、あんまり夢中になるな。香りがよいからといって油断はならない。正体不明のあやしきものじゃ。どんな毒が発散していないともかぎらぬぞ。もうやめておけ。」

強いことばでたしなめられて、秋丸はようやく丸いものを手から捨てたが、その顔は未練がましく、目はうつろであった。

思わぬ椿事に一同は毒気をぬかれたかたちで、ふたたび声もなく立ちあがると、草原をあとにして密林の中へ分け入ったが、分け入るやいなや、またしても同じ丸いものが道に落ちているのを発見して、つい足をとめた。一つならず落ちている、これはいったい何だろう。だれしも不審の念に攻めたてられたが、あえてことばを発するものはなかった。そのとき、秋丸がつと腰をかがめると、すいと手をのばしざま、その丸いものをつまみあげるが早いか、自分の鼻に押しあてた。その動作はすばやく、みなの制止するひまがないほどだった。いましがた嗅いだ匂いの快味がよほど強烈で、わすれられない余韻をのこしていたのであろう。しかし今度ばかりはちがっていた。大きく息を吸いこむと同時に、秋丸はあたまがくらくらとしたらしく、思わず手にした丸いものをほうり投げて、その場によろよろと倒れかかった。見ると、その顔はすでに血の気を失っていた。

「だからいわないことではない。ばかめ。」

安展が足の先で、地に落ちた丸いものを憎さげに蹴とばしたが、すでにそのころには、だれの鼻にも感じられるほどの異臭があたりにむっとただよって、堪えがたいほどだった。秋丸は地べたに膝をつき四つんばいになって、目に涙を浮かべつつ、しきりに嘔吐していた。親王はその背を軽くたたいてやりながら、

「見たところは同じでも、一つは酔わせるまでの香気を発し、一つは胸がむかむかするほどの悪臭をはなつ。なにとも知れぬが、用心するに越したことはない。今後とも、迂闊に手は出さぬほうがよいぞ。なにしろ本草学者の円覚もかぶとを脱ぐほどの、正体不明の物質だからな。南の国のはてともなれば、ときにわたしたちの想像を絶するような怪異がおこったとしても、あやしむに足りない。大事にいたらなかったのが何より。秋丸の身にも、良い教訓じゃ。さあ、日がくれぬうちに、もう少し先まで足をのばそうか。」

親王が先に立って、またもや一行はあるき出した。さすがに神妙な顔をしていたが、吐くものを吐いてしまうと、秋丸はけろりとして、もうさっきの苦しみはきれいさっぱり忘れたかのようだった。

やがて密林がつきると、にわかに目の前に大きな谷がひらけた。陽がかたむいて、ふかい谷底は影の中に沈み、茂った樹木のあいだから、いくつか尖塔のような建造物

の立っているのが見えた。あきらかに、ここは土民の住む集落とおぼしく、そういえば焚火のけむりも何本か立ちのぼっている。安展、斜面に立って考えぶかげに谷底を見おろしていたが、ほどなく口をきって、

「いきなり踏みこんでは危険ですから、まずわたしが円覚とともに谷底へ降りて、土民どものようすを見てまいりましょう。みこ、しばらくここでお待ちくださいませ。」

そういうと、岩角から岩角をつたわりながら、ざわざわと茂みを分けて、まっすぐ谷底へ降りていった。そのふたりのすがたが見えなくなったかならないかのうちに、つい近くの岩かげから、だしぬけにひょいと首を出した一匹の動物があった。不意のことなので、親王はおどろいて、とっさに身がまえた。

すがたは猪に似ているが、猪よりもはるかに大きく、しかも肥えていて、全体にふっくらと丸味をおびている。毛色は黒と白のだんだら模様で絖地《ぬめじ》のようにつやつやと光っている。目が豚のようにほそく、鼻のあたまに皺《しわ》が寄っている。しかし何よりも奇妙なのは、そのばか長い鼻である。それはラッパのようにねじれてのび、濡れた先端がつねにひくひく動いている。とぼけた顔で親王のほうをじっと見ていたが、性格はごくおとなしいらしく、まず人間に危害を加えることはなさそうである。生きものの好きな秋丸は喜んで、手で撫でてやるつもりか、おそれげもなく、このおかしな動物のほうへ一歩踏み出した。するとと動物はくるりとうしろを向いて、短い尾をぴんと

持ちあげたかと思うと、尾の下の肛門を盛りあがらせて、そこから丸いものをぽたりと落した。どう見ても糞よりほかのものではありえなかった。

めんくらった秋丸を見て、親王は大笑いに笑ったものだが、ふと下に落ちている動物の排出したばかりの糞に目をやると、はっとして、思わず秋丸と顔を見合わせた。それはさっき一同がきのこと間違えた、あの正体不明の丸いものとまったく同じ種類の物質にほかならなかったからである。てっきり植物かと思ったのに、さては動物の糞であったか。意外な発見に、親王はこころがはやるのをおぼえた。安展と円覚に教えてやったら、ふたりともどんなに目をまるくしておどろくことか。秋丸も同じ思いでいるらしく、そのほやほやの白っぽい物質に、あからさまな好奇のまなざしをそそいでいた。

そのとき、親王と秋丸のうしろで、

「めりは、ほれ、ほれ、ふう……」

異様な鴃舌《げきぜつ》が聞えるのに、ぎょっとしてふりかえると、いつのまに近づいたのか、数人の土民が岩かげに立ちならんで、さぐるような目つきでふたりのほうを眺めていた。いずれもあたまに色のついた鳥の羽根を飾り、鼻の穴に金色の輪をぶらさげて、腰蓑をつけただけの半裸体の男である。どうやら逃げた動物をさがしに来たところらしく、ひとりが前にすすみ出て、

「ほう、ほう、ほう、ほう……」

奇声を発して動物を呼ぶと、呼ばれた動物は飼い慣らされていると見えて、のろのろした足どりで男のほうへ寄っていった。そのずんぐりした動物の首に、男は手ぎわよく鎖を巻きつけた。

親王と秋丸が茫然として見ていると、すすみ出た男がうしろの仲間たちに、なにか手まねで合図をした。とたんに、ばらばらと寄ってきた男たちのために、親王も秋丸も手あらく前へ突きとばされ、倒れたところを寄ってたかって、きりきりとうしろ手にしばりあげられてしまった。ほんの一瞬のことであった。

土民どもは喚声をあげると、首に鎖をつけた動物をひっぱり、新王と秋丸の背中を棒の先で突きたてながら、そろって灌木のはえた斜面を降りはじめた。両手の自由がきかないので、縄をうたれたふたりはつまずいたりよろけたりしながら、泥まみれになって斜面をあるかざるをえなかった。やぶに棲む蚋のような虫がぶんぶん羽音をたてて顔にたかるが、これを追いはらうこともできない。

まもなく谷底に降りると、蔓草がこんもりと水のおもてに垂れている浅瀬をわたって、さらに川沿いに平地の奥へすすんだ。ふとい椰子の樹が並木のように道の両側につづいている。その道をややすすむと、そこに床を高く組んだ藁屋根の小屋があり、小屋のかたわらに、赤土をふかく掘った大きな穴があった。ここで、土民どもはふたりの縄をとくと、ぐいと背中を押して、この穴の中へいきなりふたりを突きおとした。それは一種の牢と知れた。ばかにしたような笑い声をのこして、土民どもは引きあげていった。

親王、ほっと溜息をついて、

「安展と円覚のいないときに襲われたのが、かえすがえすも不運だったな。もしかしたら、わたしたちの行動は逐一やつらに見張られていたのかもしれぬ。おそろしい国へ来てしまったものじゃ。」

秋丸もしょんぼりして、

「あんなけものに手を出したのがいけなかったのでした。どうしてわたしはいつも余計なことをして、みなさまに迷惑をかけてしまうのでしょう。」

「いや、かならずしもおまえだけが悪いわけではない。さっきのことだが、おまえがけものに手を出すと、けものはくるりと尻を向けて糞をした。それを見て、わたしはつい大声で笑ってしまった。その笑い声を土民どもに聞かれてしまったのかもしれない。千慮の一失だったな。」

あくる朝、バナナの一房がどさりと穴の中へほうりこまれたので、腹をすかしていたふたりが夢中で食っていると、穴の外で、がやがやと大ぜいのひとのあつまってくるけはいがした。やがて頭上にすがたをあらわしたのは、いかにもこの国の貴人とおぼしい堂々たる人物だった。鬚をはやして、肩からゆったりと白布をからだに巻きつけて、腰には剣を吊っている。それが穴のふちに仁王立ちになって、にこやかに笑いながら、なめらかな唐音で、やおら親王にことばをかけた。

「これは盤盤国の太守じゃ。なんじは不法にこの国に足を踏み入れた。どこへ行くつもりだったのか、ありのままに申し述べよ。」

　正確無比な唐音だったので、その意味は完全に親王につたわった。穴の底から太守の顔をふり仰いで、親王も負けずに正確な唐音をあやつった。

「この国を通るのに、踏まねばならぬ手つづきがあろうとは少しも知らなかった。ただ天竺へ達することのみをわたしは念願していたにすぎない。」

「天竺へ達するとな。ふむ。しからば問うが、なにしに天竺へ行くのじゃ。」

　ここで親王がぐっと返答につまったのは、自分でも思いがけないことだった。目的はただ一つ、仏法を求めるためにきまっているではないか。そのためにこそ、二十歳そこそこで落飾してから四十有余年、ひたすらあこがれつづけてきた天竺へ、いのちにかけてまで渡航しようと思いつめたのではなかったか。しかし、このあまりにも自明な大前提を口にするのが、親王には何となく恥ずかしいような気がしてならなかった。それに、はたして自分は本当に求法のために渡天をくわだてたのだろうかと、いくらか疑いたくなるような気持もないわけではなかった。そんな大それた気持はもともと自分にはなくて、ただ子どものころから養い育ててきた、未知の国への好奇心のためだけに、渡天をくわだてたのだと考えたほうが分相応のような気がしないでもなかった。そんなこんなで、親王の返答はわれにもなく歯切れのわるいものとなった。求法のためといえば一言ですむものを、親王は次のように同語反覆的に語った。すなわち、

「天竺は日本に生れたわたしの眷恋の地であった。わたしが若年より仏道に帰依したのも、そのためだったといってよい。求法のために渡天するというよりも、求法と渡天とはわたしにとって同義なのである。それがわたしの渡天の理由である。」

これを聞くと、太守はからからと笑って、

「いぶせき東海の島国の仏徒が、口がしこくいうものよ。わざわざ天竺なんぞへ足をはこばずとも、この盤盤国に今日ただいま、教化の光はみちみち、仏法は華と咲きにおっていることをさとったがよいぞ。見たければ、その証拠はいくらでも見せてやろう。げんに、長安からここへ留学しにくる唐僧だって多くいるくらいじゃ。」

自慢そうにいってから、太守、急に調子を変えて、

「ときに、おまえはよく夢を見るほうかな。」

なんのことか分らなかったが、幼時から夢を見ることにかけては堪能だという自信があったから、親王は躊躇することなく、

「夢はよく見るほうです。」

すると太守はぱっと顔をかがやかせて、

「ほう。それはいい。どのくらいよく見る。」

「ほとんど見ない夜はないといってもいいくらいです。」

「ふむ。それはますますいい。ところで、夢にもよい夢とわるい夢とがあるが、おまえはどちらを多く見るかな。」

「わるい夢はとんと見たことがありませぬ。わたしが見る夢といえば、まずよい夢ばかりです。」

このことばを聞くと、太守はいまにも涙をこぼさんばかりに感動して、

「おお、おお、それは奇特なことじゃ。ありがたいことじゃ。これまで辛抱づよく待っていた甲斐があったというものじゃ。この国は南国で陽ざしがつよいため、夜まで日光の残滓がひとびとのあたまを攪乱するのか、夢を見ることに妙をえた人間が極端に少ないのじゃ。おまえのような人間は万人にひとりもいないのじゃ。一生に一度しか夢を見ず、夢というものの効能も知らずに死んでゆく人間が、この国にはざらにいるのじゃ。おまえは天竺へ達することを一生の念願としているそうだが、そんなに夢を見ることに堪能ならば、どうしてまた天竺なんぞへ足をはこぶ必要があろう。天竺は夜ごとの夢で見ていれば十分ではないか。まあ、それはともかくとして、おまえに

はさっそく獏園へ行ってもらうことにしよう。おまえのおかげで、獏園は昔日の繁栄を取りもどすかもしれぬ。」

「はて、獏園とは。」

親王が聞きとがめたのに、それには答えず、太守は一方的にはなしをすすめて、

「そう、獏園じゃ。おまえはこの国の獏園で手あつく衣食を供せられるだろうから、せいぜい安んじているがよいぞ。」

それから秋丸のすがたに気がついて、

「そこの子どもは。おまえの侍童か。」

親王が肯定のしぐさを示すと、

「それでは、その子どももいっしょに獏園へつれて行くがよい。同じ部屋に住むがよかろう。」

太守はしごく満悦のていで、口もとをゆるめっぱなしにして、穴のふちから去っていった。

その翌日、象に曳かれた車がやってきて、親王と秋丸は二日ぶりに穴から引き出されると、その車にのせられて、ただちに獏園へつれて行かれた。象を初めて見たふたりは、ついこのあいだ見た動物よりもさらに鼻の長い動物がいることを知って、つくづくあきれた。

　さて、ふたりのつれて行かれた貘園とはなにか。それは盤盤の太守が何代にもわたっていとなんでいる、かの伝説に名高い霊囿《れいゆう》の一部であるらしかった。すなわち動物園。密林を切りひらいて人工的な庭園となした、広大な地域にところどころ柵をめぐらして、かなたには虎、こなたには熊といった具合に、あまたの動物を隔離収容している。犀のようなめずらしい動物のいる柵もある。めずらしい鳥をあつめた禽舎もあり、マライ半島特産の白孔雀や砂糖鳥をはじめとして、赤や緑や紫紺のあざやかな羽色をした鸚鵡のたぐいが羽ばたいている。かつて唐僧義浄も盤盤にあそんだとき、おそらくはこの霊囿を訪れたにちがいない。それほど古くから南海諸国に名を高からしめていたので、太守はこれを父祖より相伝して維持することに、この上ない誇りをいだいていたものであった。

　この霊囿の中でも、貘園はもっとも奥まった枢要な一廓にあった。いまさら説明するまでもあるまいが、ここに飼われている動物はマライ半島に産する貘であり、親王と秋丸が二日前にたまたま目撃したのも同じ動物である。古書によれば象の鼻、犀の目、牛の尾、虎の足をそなえ、よく銅鉄や竹を食うというが、少なくとも親王と秋丸が目にしたかぎりでは、それほど化けものじみたところは見あたらず、かなり不恰好であるとはいえ、むしろ正常な哺乳類の一族であるように見えたものであった。しかし貘は見かけによらず気むずかしく贅沢好きな動物であるらしく、柵の中の貘舎は煉瓦造りでひときわ豪奢をきわめ、獏舎の隣りには専属の番人の小屋があって、つねに神経質な動物の要求を怠りなくあれこれと満たしてやらねばならないようであった。

親王と秋丸が獏園に着いたとき、ちょうど午後の運動の時間であったらしく、収容されている三匹の獏は打ちつれて芝生の園内をあるきまわっていた。その中の一匹は、どうやら先ごろ逃げ出して、谷の斜面で親王と秋丸をおどろかした一匹のようであった。芝生の上には、これまでに何度も見た、あの丸い糞がいくつも落ちていた。その糞を指さして、秋丸が親王に笑いかけると、そこへ柵のくぐり戸をあけて番人がひょっこり出てきて、こういった。

「あれは獏の食った夢のかすだよ。」

「え。夢のかす。」

「そう。獏は人間の見る夢を食う。それ以外のものは一切食わない。だから獏の飼育は非常な困難を伴うのだ。」

そういいながら、番人は箒と塵取りのようなものを持ち出してきて、動物の排泄物をせっせと片づけはじめた。この男も盤盤国の官人らしく、太守に劣らずすらすらと淀みなく唐音をしゃべる。やがて掃きあつめた糞にちょっと鼻を近づけてみて、番人は顔をしかめると、

「きょうの糞もだいぶくさいな。このごろでは、かわいそうに、わるい夢ばかり食わ

されているものと見える。よい夢を食った夜のあくる朝なんぞは、こちらが陶然とするほどの馥郁たる糞をひってくれるのに、わるい夢となると、こうもちがうものか。こう毎日くさい糞をひっているようでは、いかな夢好きの獏とはいえ、ずいぶん生きているのがつらかろうて。」

　番人のひとりごとを聞くともなしに聞いているうちに、親王は獏というけものに対する好奇心がむらむらと湧きおこってきて、つい次のように質問せずにはいられなかった。

「そんなに飼育が困難だというのに、この国では、どうして獏なんぞを何匹も飼っているのかね。」

　すると番人はにがにがしげに、

「一つには、この国の伝統ということがある。そもそも獏園ができたのは、いまの太守より六代も前の太守の時代だったが、そのころは盤盤国も版図がひろく、国威も隆盛をきわめていて、飼われている獏を養ってゆくだけの夢を供給するのも易々たるものだった。夢をよく見る北方の羅羅人《ローロー》がぞくぞく盤盤国へながれこんできて、もっぱら獏園の獏に夢を供給するための任にあたっていた。その後、真臘国が興って盤盤の北方を扼すると、ぱったり羅羅人の足がとまってしまった。それとともに獏園を維持してゆくのも困難になった。というのは、この国の人間は幼時から太陽にあたまをじりじり灼かれているためか、ほとんど夢というものを見る能力に欠けているからだ。最盛期には二十匹も飼われていた獏が、いまでは三匹しかいない。獏園ではろくに夢を食わせてもらえないので、腹をすかせたあげく、柵をやぶって逃亡するような獏まで出てくる始末だ。つい最近も、この三匹のうちの一匹が逃亡したばかりだよ。」

「それなら、いっそ獏園そのものを閉鎖してしまえばよいではないか。」

親王が口をはさむと、番人はつよく首をふって、

「いや、そういうわけにはいかない。そこが国家の伝統というもので、盤盤国の威信にかけても、父祖伝来の栄光ある獏園は守ってゆこうというのが現在の国家の方針だ。いまの太守の意見も、その点では変らない。ただし、太守には太守の個人的な意向もあるようだがな。」

「その個人的な意向とは。」

「うむ。これは太守の家庭の秘密に属することなので、あまり大きな声ではいえないのだが、おまえが相手なら打ちあけてもかまわないだろう。もうずいぶん前から、太守のひとり娘パタリヤ・パタタ姫が原因不明の憂鬱症で、寝たり起きたりの状態をつづけているのをいたく心配して、太守はさるバラモンに意見を徴したところ、そういう病気には獏の肉を食わせればよいという回答をえたそうだ。なぜかというに、獏の肉はことごとく夢のエッセンスで構成されているから、体内の邪気をはらうという効

能がある。とりわけ獏がよい夢ばかり食っている場合には、その効能はひときわいちじるしく、てきめんに病気を治す。まあ、ざっと以上のごときバラモンの意見をえたわけなので、太守にとって獏園はますます大事なものとなり、獏はどうしても生かしておかねばならないものとなった。太守の娘はやがて室利仏誓国の王子のもとへ嫁入りすることになっているので、それまでにどうしても病気を治しておきたいというのが太守の意向のようだ。」

「しかし、獏が悪臭ふんぷんたる糞ばかりしているようでは、その肉をいくら食わせても、太守の娘の病気ははかばかしくならぬだろう。」

「その通り。よい夢を見る人間がぜひとも必要になってくる。そこで、おまえさんに白羽の矢が立ったのではないか。」

「うーむ。そういうわけだったのか。」

さすがに親王、これには二の句が継げずに、うなってしまった。


煉瓦造りの獏舎は内部がだだっぴろく、はいってみると、一つの建物の中にもう一つ別の建物があるという感じであった。その入れ子になった内側の建物こそ、獏に夢を供給するひとが眠るための寝室である。まんなかに石造りの寝台があって、寝台の上には奇妙な陶製の枕が一つ置いてあり、そのほかには何の家具も調度もない。がらんとした方二間の寝室には、四面の壁に小さな窓があいていて、窓から外をのぞけば貘がうろうろしているのが見える。もちろん小さな窓だから、そこから貘が寝室へもぐりこんでくるなんてことはありえない。この貘があるきまわっている空間は、いわば外側の建物の内部であって、まんなかの寝室をぐるりと取りかこむようになっている。貘は長い鼻をぶうぶう鳴らしながら、夢をもとめて一晩じゅう、この貘舎の内部の回廊のような空間をうろうろするのだった。

眠っている人間に接触しなくても、貘は距離を置いて自由に夢を吸引することができるらしく、それには小さな窓から鼻の先をのぞかせるだけで十分であった。初めて貘舎の中の寝室にひとりで眠った夜、親王は気味がわるくて仕方がなかったが、べつだん貘の舌に顔をなめられたりすることもなく、あくる朝、無事に目ざめることができてほっとした。ただ、どう考えても夢を見たという記憶がなく、あたまの中ががらっぽのような気がしたので、番人に会うなり、

「ゆうべは残念ながら夢を見なかった。こんなことは六十有余年の生涯で初めてといってもよいほど、めったにないことだ。さぞかし貘も不満だったろう。気の毒なことをしてしまったな。」

するど番人は笑って、

「そんなことはないさ。ちゃんとおまえさんは夢を見ているよ。貘は三匹とも、朝に

なって、よい香りのする糞をひったものだ。おまえさんは自分の夢をきれいに食われてしまったので、それをおぼえていないだけのことさ。だから、気にすることは少しもない。」

そうだったのか、なるほどと納得はしたものの、この番人のことばに、親王は一抹のさびしさを感じないわけにはいかなかった。子どものころから夢を見るのが得意だったし、楽しい夢ばかり見てきたとつねづね自負している自分である。楽しい夢は思い出してこそ、ますます楽しくなる。夢とは思い出そのものだといってもよいくらいなので、その思い出すという機能を失うならば、夢は死んだも同然ではあるまいか。獏にすっかり夢を食いつくされて、いつも空白のあたまで目ざめなければならないとすれば、なんという味気ない目ざめであろうか。これではとても夢を見たとはいえず、これから先、こんな見れども見ざるがごとき夢の夜をすごしてゆかねばならないとすれば、索莫としていてやりきれないではないか。

石の寝台に横たわり、陶製の枕にあたまをのせて、いく夜かを獏舎ですごすうちに、次第に親王はこころが鬱屈してくるのをおぼえた。昼間、秋丸と顔を合わせても、これまでのように冗談をいったり、あかるい笑い声をたてたりすることがめっきり少なくなった。秋丸はおろおろして、ふさぎこんだ親王の顔を気づかわしげにうかがうようになった。夢を見てもさっぱり記憶にとどめず、見るそばからたちまち忘れてしまうということが、これほどの憂悶をひとのこころにもたらすものだろうかと、親王自身もみずから歯がゆく思うほどだった。

少なくとも記憶にのこるような夢を見なくなったかわりに、親王は眠りのさなかに、ふしぎな幻影を見るようになった。これを夢といってよいかどうかは疑問であり、むしろ夢の残骸とでも呼んだほうがふさわしかろうが、まっくろなあたまの中のスクリーンに白い影があらわれる。いや、白い影がうつるといったほうがよいだろう。どうやら白黒のだんだら模様で、その影のぬしは貘のように思われる。夢を食いつくした貘が、さらに夢を求めて親王のあたまの中にまでもぐりこんできたように思われる。なんだか自分の脳みそを貘に食われているような気がして、わっと叫んで目をさましたこともあった。ついに自分の夢が枯渇して、貘どもが脳みそまで食い出したのかと思うと、おそろしくてたまらない思いがした。

こうして十数日がすぎて、身もこころもじわじわと衰弱してゆくのを意識するようになったころ、親王はめずらしく夢を見た。貘園にきてからはふっつりと夢らしい夢を見なくなっていたのだから、じつに十数日ぶりのことである。ただし、それはかつてのような楽しい夢ではなくて、親王にとっては初めてといってもよいほどの、胸苦しいまでの悪夢であった。

それは以下のごときものである。

たぶん奈良の仙洞御所、すなわち萱《かや》の御所と呼ばれた父平城上皇の屋敷だろうと思われるが、そこの寝殿とおぼしい広間に、父が病気らしく衾《ふすま》をかけて横になっている。そのかたわらでは、薬子が床の上に大小の皿や鉢をならべて、仔細らしく石臼で生薬をすりつぶしている。生薬は訶梨勒《かりろく》の皮、檳榔《びんろう》の仁《にん》、大黄、桂心、付子などといったものであろう。しばらくは石臼をまわすにぶい音だけがあたりに物憂げにひびいている。親王はそのとき十歳くらいの子どもで、見てはいけないものを見るように、廂《ひさし》のほうから母屋の奥をのぞいているのだった。

突然、父が悪夢におびえたように、半身起きなおって、うわごとのようなことばを口ばしる。

「いま先君の夢を見たぞ。早良《さわら》のみこの霊がな、柏原のお墓にまいって罪を詫びたそうじゃ。それでも、おのれの血筋の絶えたことは恨めしいらしく、しきりに訴えなげいていたというぞ。」

薬子が石臼をまわす手をやすめずに、だだっ子をあやすように、

「たわいもないことを。お気がたかぶっていらっしゃるから、そんな不吉な夢をごらんになるのでございます。みこころのあまりの素直さに、ここぞとばかり悪霊が寄りつくのでございます。さ、わたしがお薬を調じてさしあげますから、それをおのみになって、少しはお気をしずめなされませ。」

薬子の手で調ぜられた散薬と、酒をみたした盃を前にして、しばらく父は気落ちしたようにぼんやりしていたが、やがて薬子にうながされて、ふるえる手で酒とともに散薬をのんだ。すると、薬子がつと立ちあがって、扇をとって舞いはじめた。

三輪の殿の
神の戸を
おしひらかすもよ
いく久《ひさ》いく久

大袖をひるがえして、ほそい声で歌いつつ、しかつめらしい身ぶりで舞う。こういう薬子を、親王はついぞ見たことがなかった。親王が知っている薬子といえば、もっとあけすけな、もっと率直な、いつも親王が同年輩の友だちあつかいにしているような、分けへだてのない女だった。それがいまでは、なにか子どもの理解を絶したような、陰険な笑みさえ浮かべているように見える。急にこころぼそくなって、親王は几帳のかげから、声をころして、

「おとうさま、おとうさま。」

しかし声はとどかず、薬子は何事もないように舞いつづけ、父はうつけたようにそ

れを見ているばかりである。「いく久いく久」とはやす薬子の声が、あかるい声であるべきなのに、むしろ重くこころの底に沈んだ。

ひとしきり舞うと、薬子はまた父の前にすわって、あらためて散薬と酒をすすめた。父があまりのみたがらないのに、なだめすかして、むりにも服させようとしているかに見えないこともなかった。再三すすめても父が盃を手にしないので、ふといらだたしげに薬子はうしろをふり向いた。そのとき、うす暗い廂のほうから薬子のすがたを見ている親王の目と薬子の目とが、はしなくもぶつかった。気のせいかもしれなかったが、薬子の目が残忍の光をたたえているのを親王は見たと思った。ぞっとして、思わず火がつくばかりに叫んでいた。

「いやだ、いやだ、おとうさまをころしては……」

このときの薬子の返事たるや、いま思い出しても親王のこころを凍りつかせるほどの、無慈悲なものであった。底意があって、わざと親王のことばを聞きちがえたものとしか思われなかった。

「え、なんですって、おとうさまをころしてくれですって。まあ、なんということをおっしゃるのですか、みこは。」

夢はここまでで、ぷつりと途切れたが、冷たい汗にまみれて目をさましたあとまでも、薬子の声は耳の中に鳴りひびいていたし、その陰険な笑いを浮かべたくちびるは目の前に消えようもなくちらちらしていた。

番人が寝室の戸をたたいて、かねての予定通り、きょうは午後から太守の娘パタリヤ・パタタ姫が貘園を見にくるから、つつがなく迎える用意をしておくようにと告げたのは、それから二三日してのことである。

すでに貘園では、しばらく前まで三匹だった動物が一匹にへっていた。疑いもなく、太守の娘の病気を治すために、その肉が調理されて食われてしまった結果であろうと推測された。最後の一匹を食ってしまったら、そのあとはどうするのか。そんなことはもとより親王の知ったことではなかったが、番人の説明によれば、貘園に新たな動物を補充すべく、いま盤盤の官民は国をあげて、近隣の山野に貘を狩ることに大わらわになっているというはなしであった。

侍女たちに取りかこまれ、美しい衣裳に身をつつんで、貘園にあらわれた太守の娘を初めて見たとき、親王はわれとわが目を疑った。まだ十五歳になるやならずの少女ながら、そのおもだちが薬子にそっくりだったからである。しかも、つい先夜の夢の中で見た、それまで思いもよらなかった薬子の残忍のいろが、いっそう強調され拡大されたかたちで、この少女の中にまざまざと再現されているかのように見えた。残忍のいろ。といっても、むろん、それがつねに少女の面上にあらわに出ていたわけではない。陽がかげったり照ったりするように、あでやかな顔の下から、一瞬ふっと、それがあらわれては消える。獏が背すじをうねらせると、その毛並みがビロードのように光ったり曇ったりするが、あたかもそれを思わせるようなところがあった。

憂鬱症と聞いていたが、すでに獏の肉のおかげで快癒したのか、それらしいところはみじんもなかった。

少女は自分で柵のくぐり戸をあけると、物慣れたようすで、獏園の中へずかずかとはいって行った。とても初めてのこととは思われない。たまたま運動の時間で、芝生の上をたった一匹で漫歩していた獏は、少女のすがたを認めるや、嬉しげに跳びはねるようにして、そのそばへ駆け寄った。これも初対面とは思われぬほど、よく少女になついている。雄の獏は少女の手で毛並みを撫でられているうち、次第に発情の徴候をあらわして、後脚で立ちあがったり地べたをころげまわったりしはじめたが、ついには鼻を鳴らしつつ、少女のまわりをぐるぐるまわり出すまでになった。少女が侍女たちをかえりみて、

「獏は嫉妬ぶかいけものですからね。嚙みつかれたくなかったら、わたしといっしょにはいって来てはだめよ。いいですか。」

いわれるまでもなく、侍女たちは外から柵にしがみつくようにして、目をきらきらさせながら、女主人と動物との一挙一動を食い入るように見つめていた。

親王はどこで、この光景を眺めていたのだろうか。侍女たちといっしょに、柵の外から眺めていたのか。それとも番人といっしょに、煉瓦造りの貘舎の入口からのぞいていたのか。それが一向にはっきりしなかった。もしかしたら夢のつづきではないかと思われたほど、この光景の中に位置を占める自分のすがたはぼんやりしていて、明確さを欠いていた。ただ、薬子の生れかわりかとも思われる少女のイメージが異様な鮮明さで、ともすれば視野の中心に大きく立ちふさがるのを意識するのみであった。親王の先入見では、貘の肉を食った少女といえば、あぶらぎって、ふとって、あからさまに醜いイメージでしかなかった。しかるに、この日、げんに自分のまなこに刻みつけられた少女のイメージには、その先入見を裏切ってあまりあるものがあった。ほとんど魅惑されるように、親王はただ目だけの存在となって、貘園の中で貘とたわむれる少女のほうへ引き寄せられていたといってもよかった。

まわりじゅうから侍女たちの好奇の視線を浴びて、柵の中の貘はいよいよ興奮の極に達したらしく、ふくらんだ白い腹を見せて芝生の上にごろりと身を投げ出すと、四本の脚をちぢめ、目をつぶって、みずからすすんで少女の愛撫をもとめんとした。見れば、その男性の象徴はすでに途方もない長さにのびて、便々たる腹をしきりに打っている。少女は地べたに膝をつくと、おどけたように笑いながら、その膨満したものをそっと手に握って、やさしく自分の頬へ押しあてたり、たっぷりした自分の髪の毛の中につつみこむようにしたりした。あきらかに侍女たちの視線を意識して、さまざまな愛撫のしぐさを演じているものと知れた。また獏のほうでも、見られていることが一段と興奮を高めているようだった。やがてけものの歓喜の声がひときわ高くなったのに気がつくと、少女はすかさず手に握っていたものをみずからの口にふくんだ。そのとき、目は相変らず笑っていたが、あの残忍のいろがくちびるのあたりにふたたび薄ら日のように、ちらとただようのを親王は見たと思った。

おかしなことに、この光景をたえず熱いまなざしで追いながら、親王は自分がてっきり獏になったような気がしていた。獏になって、少女の愛撫を受けているのは自分だというような気がしていた。そういえば、まだ七つか八つの幼児のころ、親王は薬子のいたずらっぽい手で、おのれの股間の小さな玉をもてあそばれて、初めて肉体の恍惚感というものを知らされたので、それがダブルイメージとなって、げんに見ている少女と獏の光景の上に重なって見えるのかもしれなかった。事実、少女は薬子にどことなく似ていたからである。あるいはまた、獏がもっぱら自分の夜ごとの夢を食って生きているのを知っていたから、つい自分と獏とを同一化していたのかもしれなかった。考えてみると、自分の夢を獏が食い、その獏の肉を少女が食っていたのだから、獏を媒介として少女と自分とは直接につながっており、少女は自分の夢によって生きているのだといえばいえないこともないような気がした。自分が夢を見なければ、この少女の存在もありえないのではないかという気さえした。

少女が頬をすぼめたりふくらませたりして、けものの器官をなめらかに口の中でころがすたびに、獏はその長い鼻から笛のような音をもらして、絶頂が近づいたことを知らせるのだった。絶頂はあっけなかった。いつ果てるともしれぬ準備段階にくらべれば、あまりにもあっけなかった。二度三度、からだに痙攣の波をはしらせたかと思うと、獏はただちにぐったりとのびてしまった。自分でも心外だったようで、事後は照れくさそうに、きょとんとした顔を侍女たちのほうへ向けているばかりだった。

しかし、その光景を親王はもうすでに見てはいなかった。けものが精をはなつと同時に、目の前に見ているイメージはすべて一瞬にして消えうせて、親王はただまっくらな、夢ともうつつとも分らぬ世界にころがり落ちていた。

「みこ、おめざめになってください。安展さまと円覚さまが吉報をもっておもどりになりました。首尾は上乗、谷の向うに見える盤盤国では、みこをお迎えする用意をしているとのことでございます。」

耳もとで聞えた秋丸のことばに、親王は初めて目をあけて、かすかに笑いながら、

「盤盤国か。それなら、いまわたしはそこへ行ってきたところだよ。」

象

『博物誌』第八巻第一章より引用する。

「地上動物中で最大のものは象であり、それはまた感情において人間にもっとも近い動物である。実際、象は自国語を理解し、ひとのいうことをよく聞き、教えられた仕事をおぼえ、愛情や名誉を熱望するばかりか、人間にさえまれな美徳、正直、知恵、公平の美徳をそなえ、さらには星に対する崇拝、日月に対する崇敬の念をもそなえている。多くの著者たちの報告するところによれば、マウレタニアの山中では、新月のかがやく夜、象の群がアミルスと呼ばれる河のふちに降りてきて、それぞれ自分たちのからだに水をふりかけて浄めの儀式を行い、かくして星に敬意を表すると、疲れた子どもを先頭に立ててふたたび彼らの森に帰ってゆくという。彼らはまた、他人の信仰をも理解している。すなわち海をわたるとき、象使いが象たちに、かならず国へ帰してやるからと誓って約束しなければ、彼らは船に乗りこもうとはしないそうだ。また象たちは苦痛に襲われると——あの巨大な図体でも病気になることはある——大地を彼らの祈りの証人にでもしようとするかのごとく、仰向けに寝て空へ向って草を投げるという。従順さについていうならば、彼らは王の前に膝まずき花冠をささげて礼拝する。インド人は、彼らがノトゥス（私生児）と呼ぶ小さな象を耕作のために使用する」

プリニウスは第八巻地上動物の部を、まず象の記述からはじめる。象の記述は非常に長く、第一章から第十三章にまでおよんでいる。象はラテン語でエレファス、エレファンス、エレファントゥスと三様に書くが、いずれもギリシア語エレパスから借りたものだ。古代人はインド象とアフリカ象の二種があることを知っていたが、どういうわけか、インド象のほうが大きくて強いと信じていた。第九章で言及しているように、プリニウスも例外ではない。象について最初に書いた古代作家はヘロドトスだが、彼は実際に象を見たことがなかったらしく、具体的な描写は何一つのこしていない。おそらくアレクサンドロス大王のインド遠征まで、ギリシア人は象というものをよく知らなかったのではないかと思われる。象に関してもっとも古く、かつ正確な描写をのこしたのはアリストテレスで、例によってプリニウスは直接間接にアリストテレスの文章を借りている。

インド起源あるいはアフリカ起源と思われる、象をめぐる数々の荒唐無稽な伝説も、多くの古代作家によって語られてきた。その中でもいちばん奇抜なのは、まず最初にクテシアスやシシリアのディオドロスやストラボンなどの古代作家が語り、のちには多くの中世のキリスト教的動物誌作者に受け継がれた、インド象の脚には関節がないという伝説であろう。関節がないから、象は膝を折り曲げることができず、樹に寄りかかって立ったまま眠る。樹を切り倒せば、象もいっしょにひっくりかえって、二度と起きあがることができないから、これを捕獲するのは容易である。——ただし、プリニウスはこの伝説に一言半句もふれていない。おそらく本物の象を何度も見ていたからではあるまいか。中世よりもローマ時代のほうが、少なくとも象を目撃するチャンスにはめぐまれていたはずなのだ。それに、この伝説はアリストテレスが強く否定している（『動物誌』第二巻第一章）ので、いまさら書く気がしなかったのであろう。

次に同じ巻の第二章を引用する。

「ローマで見られた最初の象は、アフリカで勝利した大ポンペイウスの凱旋式のとき、その戦車を引いた象であった。もっとも伝説の語るところでは、リベル神がインド征服後に行った凱旋式でも、象のすがたは見られたという。プロキリウスによれば、ポンペイウスの凱旋式では、四頭の象の引く車は城門を通ることができなかったらしい。ゲルマニクス・カエサルの催した剣闘士の競技では、象がダンスでも踊るように立ちあがって、よたよたと二三歩あるいた。象たちがいつもきまって見せる芸は、風に飛ばされないように武器を空中に投げること、彼ら同士で剣闘士の試合を演ずること、あるいはふざけた剣舞のような踊りを踊って見せることだった。次に彼らはぴんと張った綱の上をあるいたり、一頭の象が妊婦のように寝ている担架を四頭のグループで運んだりした。最後には、客でいっぱいになっている食堂のテーブルの前に坐りに行ったり、飲んでいる客のだれにもふれぬように巧みに歩をすすめながら、臥台のあいだをあるきまわったりした」

前八一年、リビアから連れてきた象に戦車を引かせて、ポンペイウスがローマではなばなしく凱旋式を行おうとしたことについては、プルタルコスの『対比列伝』に要領のよい記述がある。リベル神はディオニュソスの別名で、伝説では、この神は狂乱の従者たちを引きつれて、インドにいたるアジアを征服したことになっている。この伝説には、アレクサンドロス大王の東征という歴史的事実が反映しているにちがいない。象が食堂の「臥台のあいだをあるきまわった」とあるが、御承知のようにローマ人は宴会のとき、トリクリニウム（臥台）と呼ばれる一種の寝椅子の上に二三人で横たわり、腹ばいになって珍味佳肴を楽しんだのだった。

次に第五章の終りに近い部分を引用する。

「象がこっそりと交尾するのは、もっぱら慎みぶかさのためである。雄は五歳で、雌は十歳で子をつくる。雌は二年ごとにしか交尾させようとはせず、しかも一年に五日間以上はさせないという。そして六日目に、雌雄そろって河へ水浴に行き、水浴をおえて初めて群にもどる。彼らは姦通ということを知らず、また他の動物のように雌をめぐって死闘を演ずるということもない。さりとて彼らに強い愛情が欠けているというわけでは決してない。その一例をあげれば、エジプトで一頭の象が花売りの少女に恋着したことがあった。それも行きあたりばったりに選んだ相手ではなく、相手は高名な文法学者アリストパネスの愛妾だったというから恐れ入る。もう一頭の象は、プトレマイオスの軍隊に属していた若いシュラクサイ人のメナンドロスという者に恋をして、彼が見えないときは食物を拒むことによって、その悲しい気持をあらわしたという」

アリストテレスはただ、「象はさびしいところで交尾する」と書いているだけで、べつに「慎みぶかさのため」とか何とか、もっともらしい理窟をつけてはいない。こういうところを見ると、どうもプリニウスには動物を擬人化しようとする、のちの寓話作者に近い傾向があるのではないかという気がしてくる。象が交尾後に水浴をするなんてことも、もちろんアリストテレスは書いていない。ちなみにいえば、十八世紀のビュッフォンはその『博物誌』の中にプリニウスの説を踏襲して、「象は慎みぶかく礼儀正しい感情の持主である」と書いているのだからおもしろい。

次に第六章を引用する。

「イタリアで初めて象が見られたのは、ピュロス王との戦争のときであった。象はルカニアの牛と呼ばれたが、それはルカニア地方（イタリア南部）で象が見られたからで、ローマ暦四七二年（前二八二年）のことである。ローマ人が見たのは、それから七年後の凱旋式のときだった。ローマではまた、ローマ暦五〇二年（前二五二年）における大神官ルキウス・メテルスの勝利のとき、シシリア島でカルタゴ軍から捕獲した、五〇二頭という多数の象が見られたものである。この象は一説では一四二頭、あるいは別の説では一四〇頭ともいうが、メテルスが樽をならべて作った筏に乗せられて海をわたった。ウェリウスの証言によれば、この象どもは円形競技場で戦わせられたあげく、投槍で殺されたという。飼育するのも厄介だし、蛮地の王に寄贈するのも業腹で、どうしてよいか分らなかったからである。ルキウス・ピソの証言によれば、これらの象はただ円形競技場に追いこまれ、ひとびとの恐怖心をやわらげるために、刃のついていない槍をもった雑役夫に場内を追いまわされただけだったという。かように象が殺されたとは考えていない著者も多いのだが、それでは象はその後どうなったかというと、だれもこれには答えていない」

プリニウスは年代を二年ばかり間違えていて、エペイロスのピュロス王がタレントゥム市の要請に応えてイタリアに侵入したのは、正しくは前二八〇年のことである。

それはともかく、象がルカニアの牛と呼ばれたことについては、ルクレティウスの『物の性質について』第五巻にもある通りで、そのころにはかなり一般化していた呼び名だったらしい。おもしろいのは、すでに「スカラべと蟬」の項に引用しておいたように、クワガタムシもルカニアの牛と呼ばれていたということであろう。なるほど、その大顎が角状に発達して前へ突き出しているクワガタムシは、長い牙のある象に似ているといえば似ているといえるかもしれない。

前二五〇年、のちに大神官になったローマの将軍メテルスがカルタゴ軍のパノルモス（今日のパレルモ）攻撃を挫き、ローマ人の恐れた戦闘用の象を多く捕獲したというのも有名な話である。メテルスの勝利を記念したローマの貨幣には、二頭の象の引く戦車に乗ったメテルスの像が刻印されている。それにしても、捕獲した象をローマに連れてきたはよいが、どうしてよいか分らずに槍で突き殺してしまったとは、聞くだにおろかしい話といわねばなるまい。

次に第十章を引用する。

「民衆の信じるところでは、象の懐胎期間は十年である。もっともアリストテレスによれば懐胎期間は二年で、一度に一頭以上の子は産まない。象は二百年、ときによっては三百年も生きる。六十歳から成獣となる。彼らは水をたいそう好み、しばしば河のほとりに棲息するが、あまりにからだが大きいので泳ぐことはできない。また彼らは寒さに堪えられない。これが彼らの最大の弱点である。象はまた鼓腸と下痢にかかりやすいが、その他の病気にはまるで縁がない。私が読んだところでは、象のからだに突き刺さった矢は、彼らが油をのめば抜けおちるが、汗をかいているときにはなかなか抜けないという。また彼らが土を食うとき、少しずつ土を食うことに慣れてゆけばよいが、さもないと命とりになる。さらに彼らは石も食うが、いちばんの好物は樹の幹である。彼らはまた自分の額で高い椰子の樹を押し倒し、倒れた樹の実をむさぼり食う。もちろん食うのは口だが、呼吸をしたり飲んだり嗅いだりするのは、適切にも手と呼ばれている彼らの鼻である。あらゆる動物の中で彼らがもっとも嫌うのはネズミであり、彼らの飼葉桶の中の飼葉にネズミがふれたのを見ただけで、もう彼らはそれを食おうとはしなくなる。象は水をのむとき、知らずにヒルド（ヒル）を呑みこむと、この上もない苦痛を味わわねばならなくなる。お断わりしておくが、ヒルドは最近ではサングイスガ（吸血虫）と呼ばれるようになったようだ。ヒルが呼吸管にでも棲みつけば、堪えがたい苦痛をひきおこすにちがいない」

このあたり、動物学的に正しいか正しくないかを論ずるよりも、むしろ古代人の想像力のパターンの意外に平凡であることを確認したほうが有益であろう。象が土を食うとか石を食うとかといった話は聞いたことがないが、あの駝鳥だって石を食うという伝説があることを思えば、象が食ったとしてもおかしくはないと考えるべきかもしれない。そんな調子で読みすすめていただきたい。次に第十章のつづきを引用する。
「背中の皮膚は非常に硬いが、彼らの腹部の皮膚はやわらかい。そして皮膚をおおうための毛はどこにも見あたらない。うるさい蠅を追いはらうためのしっぽにも、やはり毛はない。図体が大きいからといって、蠅に苦しめられることに変りはないのである。ただ、彼らの皮膚には菱形の皺《しわ》があり、その体臭によって昆虫を惹きつける。そして、のばした皮膚の上に昆虫の群をとまらせると、彼らは急に皮膚に皺を寄せて、襞のあいだに昆虫どもを押しつぶしてしまう。これで彼らは尾、たてがみ、毛の代りをするのだ」

アリストテレスは、「象は四足獣の中でもっとも毛が薄い」と書いているが、かならずしも毛がないとは書かなかった。事実、からだの表面に剛毛が粗雑にはえているばかりか、しっぽの先端には房のように毛がはえていて、プリニウス自身、『博物誌』第三十七巻第二十章では、「インド人は緑柱石に孔をあけて、そこに象の剛毛の紐を通す」と書いているくらいなのである。自分で矛盾したことを書いているのだから世話はなかろう。

しかしおもしろいのは、象がおのれの皮膚の皺のあいだに虫を誘いこみ、虫が何匹もそこにたかったと見るや、急に皺をぎゅっとちぢめて、一挙に虫どもを圧殺してしまうという、その奇想天外というもおろかな習性であろう。そもそも象にそんな器用なまねができるのかどうか、私は一向に知らないけれども、ここではプリニウスの想像力がナンセンスすれすれに羽ばたいていると見てよいかもしれない。さらに第十章のつづきを引用して、この項を締めくくろう。

「象牙はきわめて高価なものである。神々の像を造るための、この上もない美しい材料となるのも象牙である。贅沢は象にもう一つのメリットを発見した。すなわち象の鼻の厚い皮を賞味しようという連中があらわれたのである。私見によれば、これは象牙そのものを食っているような気がするからで、それ以外の理由は考えられないだろう」

犀《さい》の図

一ヵ月ばかり前、東京の某デパートでひらかれた開国美術展というのを見にゆくと、そこに出品されていた江戸後期の画家、谷文晁《たにぶんちょう》の描いた洋画風の「犀の図」が、名高いデューラーの描いた犀の図にそっくりなのに、いささか興味をおぼえたことがあった。この文晁の図には、別紙に文晁の子文二の手で、「己が父がヨンストン動物図譜より写したもの」と書き添えてあるらしい。

デューラーの描いた犀は、一五一三年、ポルトガルの船乗りヴァスコ・ダ・ガマが、インドから生け捕りにしてきて、リスボンのマヌエル大王に献上した一匹で、古代以来、初めてヨーロッパ人の眼にふれたインド犀だった。当時としては、きわめて珍しい獣だったのである。デューラーは、もちろん実物を見たわけではなく、ポルトガルの無名の画家がスケッチしたものを、そのまま精密に木版画として再現したのである。

ところで、ヘルベルト・ヴェントの『物語世界動物史』によると、この犀はインドからヨーロッパまでの航海中、狭い船倉に長いこと閉じこめられていたために、皮膚に角状の腫《は》れ物がたくさん出来てしまった。しかしリスボンの無名画家もデューラーも、そんなことは一向に知らず、犀の皮膚には必ず、このような腫れ物がぶつぶつ出来ているのだとばかり考えて、そのまま忠実に写したのである。それで、その後のあらゆる博物誌の本には、この奇妙な腫れ物が、犀そのものの特徴として描かれることになってしまった。

一五五一年、スイスの博物学者コンラッド・ゲスナーの刊行した『動物誌』にも、デューラーの木版画はそのまま使われている。一六六三年、長崎出島のオランダ商館長が徳川将軍に献上したヨンストンの『動物図譜』（一六六〇年）にも、デューラーを模した腫れ物の犀の図があり、さらにそれを模した谷文晁の犀の図にも、私の見たところ、たしかに腫れ物が、まるで鹿の子の模様のように克明に描かれているのである。デューラー、ゲスナー、ヨンストン、谷文晁、いずれも同じ病気の犀をモデルにして、架空の怪獣のような犀を描いてしまったというわけだ。考えてみれば、じつに可笑しな文化史上のエピソードというべきであろう。

よくよく眺めると、このデューラーを元祖とするヨーロッパの古い犀の図には、さらに奇妙な点が見つかる。そもそも犀には、一本角のアジア産の犀と二本角のアフリカ産の犀とがあり、このデューラーの犀はインド産なのだから、鼻の上に巨大な一本の角があるわけであるが、この大きな角のほかにもう一つ、背中の上に第二の小さな角が、螺旋状にねじれて生えているのだ。もちろん、現実の犀には、アジア産であれアフリカ産であれ、こんな余分な角があるはずはない。

いったい、なぜポルトガルの画家、もしくはデューラーは、あるがままの犀の身体に、こんな余分なものを描き加える気になったのであろうか。これは私たちにとって謎と言うほかないが、ただギリシア以来、犀には二本の角があるという伝説があることもまた事実らしいので、画家がおのれのリアリズム精神を曲げて、古来の伝説に色目を使ったのではないか、ということも考えられるのだ。どうもそうらしい。

たとえば、十六世紀のフランスの外科医アンブロワズ・パレは、その著『ミイラおよび一角獣の説』（一五八二年）のなかで次のように述べている。

「パウサニアスの語るところによると、犀には角が二本あるのであって、決して一本ではない。すなわち、その一本は鼻の上にあり、かなり大きく、色黒く、水牛の角のように太くて長いが、内部は中空ではなく、曲ってもいず、堅くて重い。もう一本は肩の上に生える角で、小さいけれども非常に鋭い。これによっても明らかな通り、犀と一角獣とは別物である。一角獣はその名が示すように、角が一本しかないはずだからである。犀は象に似ており、ほとんど同じくらいの大きさだと言われているが、その脚は象よりずっと短く、蹄は裂けており、頭は豚のよう、きわめて堅い鱗状の皮をかぶった身体は鰐のようで、軍馬の胸甲に似ている。」

ここに述べられているパレの観察は、二本の角という点をのぞけば、きわめて正確で驚くほかない。合理主義者のパレは、一角獣の実在を否定するのに熱心なあまり、古いパウサニアスの説などを持ち出してきて、思わず勇み足をしてしまったのであろう。私としては、そのように考えておきたいところである。なお、私はパウサニアスの文献には当っていないので、果してパレの記述の通りであるかどうかについては保証いたしかねる。

近代のヨーロッパでは、犀はいわば幻の珍獣でしかなかったが、少なくともローマ時代においては、それは象やキリンとともに、しばしば円形闘技場にひっぱり出されるお馴染みの動物だったようだ。犀は闘技場で、象や牡牛や熊と闘わせられた。また犀の角は、油の容器として利用されてもいた。ルネサンス期のデューラーやパレよりも、じつは古代のローマ人の方が、はるかに実物の犀については豊富な知識を有していたはずなのである。

それではローマ人の代表として、名高い『博物誌』のプリニウスに登場してもらおう。その第八巻二十九章に、彼は次のように書いている。

「やはり闘技場の見世物として、鼻の上に一本の角のある犀が見られる。犀は象の生まれながらの敵である。闘いの準備のために、犀はその角を石で研ぎ、戦闘にあたっては、とくに相手の腹をねらう。そこが皮膚のいちばん柔かい部分だということを知っているからである。犀は象と同じだけの大きさをしているが、脚はずっと短く、黄楊材の色をしている。」

見られる通り、プリニウスは、どこにも犀の角が二本あるなどと、非現実的なことを言ってはいない。彼はおそらく闘技場で見たままの事実を、淡々と語っているだけだ。

それでは、プリニウスの観察はいつもこのように正確かと言うと、決してそんなことはない。すぐ次の第八巻三十章には、彼はエティオピア産のスフィンクスだとか、翼のある馬ペガソスだとか、あるいはマルティコラスだとかいったような、わけの解らぬ怪獣の名前やら性質やらを、ずらずらと書きならべているのだ。三十二章には、やはりエティオピア産のカトブレパスという、奇々怪々な動物なども登場する。どうやらエティオピアという国は、プリニウスにとって怪獣の宝庫でもあるかのごとくである。

御参考までに、プリニウスの記述をふたたび引用して、エティオピアの奥のナイル河の水源地方に棲んでいるという、カトブレパスなる怪獣の性質を次に紹介しておこう。

「体軀はそれほど大きくなく、動作のにぶい獣であるが、頭が異常に重いので、これを支えているのが大そう難儀なのだ。そこで頭がいつも地面の方へ傾いている。こういう事情がなかったら、カトブレパスは人類を絶滅させてしまったかもしれない。というのは、この獣の眼を見た人間は、誰でも立ちどころに死んでしまうからだ。」

これだけの記述では、まったく雲をつかむようで、私たちには何のイメージも思い浮かんでこないにちがいない。カトブレパスとはギリシア語で、「下の方を見る者」という意味である。動物学者のキュヴィエは、ギリシア神話のバジリスクスやゴルゴンの記憶と結びついた、アフリカ産の牛羚羊《うしかもしか》なる動物が、古代人にカトブレパスという、途方もない観念をあたえたのではないか、と言っている。しかし、この説もあまり当てにはならないような気がする。

プリニウスの中に出てくる怪獣について一つ一つ語っていたら、おそらく切りがないだろう。カトブレパスのように、意味だけがあって、まるで実体がなく、何の具体的なイメージをも喚起しないような怪獣は、それだけに一層、詩人や作家の空想力を刺激する。だからラブレーやフローベールは、これを自作のなかに採り入れて、思いのままに造形することもできたのである。興味のある方は、『パンタグリュエル』第五巻や『聖アントワヌの誘惑』をごらんいただきたい。

ドードー

絶滅動物というのは、何がなし、私たちのロマンティックな空想を掻き立てるものである。それはちょうど、失われた大陸や滅び去った文明が、私たちの想像力を限りなく刺激するのと同様であろう。

むろん、一口に絶滅動物といっても、有史以前や有史以後に、絶滅した動物の種類はおびただしくあるのであって、たとえば古生代カンブリア紀に大いに栄えた三葉虫だとか、中生代白亜紀に黄金時代を迎えたアンモナイトだとかいった、よく知られた有史以前の化石動物もある。しかし私がここで述べんとしているのは、そのような人類の知らない大昔の動物ではなくて、有史以後、人類の目の前で滅びてしまった動物のことだ。

かつてマダガスカル島には、『千一夜物語』に出てくるロック鳥の伝説（マルコ・

ポーロの『旅行記』には「象を爪で軽々と持ち上げる」とある）の起源ではないかと考えられる、頭高五メートルに及ぶ巨大な象鳥（エピオルニス・マキシムス）という鳥が棲息していたし、またニュージーランドには、やはり駝鳥によく似て巨大な、頭高三メートル以上の恐鳥（モア）という鳥が生きていた。いずれも飛翔力のない鳥で、そのためかどうか、二百年ないし三百年前に絶滅してしまったと伝えられる。

『不思議の国のアリス』を読んだ方は、この物語のなかで、コーカス・レースという奇妙な競走ゲームをアリスや動物たちに提案する、ドードーという鳥がいたことを御記憶であろう。この鳥も、じつはルイス・キャロルの発明ではなく、実在の鳥なのである。いや、正しく言えば実在の鳥だったのだ。やはり飛べない鳥で、そのためだろうか、あわれにも人間や獣の餌食となって、完全に死に絶えてしまったのである。

世界地図を眺めると、マダガスカル島の東方、南西インド洋上にマスカリン諸島という、珊瑚礁に囲まれた火山島があって、西から順にレユニオン島、モーリシアス島、ロドリゲス島と呼ばれている。一五〇八年、ポルトガル人がインド航路を発見したばかりの頃、ペドロ・マスカレニャス船長が、この小さな三つの島を発見し、自分の名前にちなんでマスカリン諸島と名づけた。当時はまだ無人島で、七面鳥に似たずんぐりした、ドードーのような鳥しか棲んでいない平和な島だった。

やがて一五九八年、オランダ東洋派遣艦隊司令官ヤコブ・ファン・ネックのひきいる軍艦がやってきて、この島に植民をはじめ、オランダ統領ナッサウ伯モーリッツの名にちなんで、いちばん大きな島をモーリシアス島と命名した。ネック提督は、この島に群をなして棲んでいる、よちよち歩く肥った鳥、ドードーを祖国へ持って行ったらさぞや面白かろう、と考えた。かくて最初のドードーがヨーロッパに着いたのは、一五九九年だったと言われる。

ところで、ドードーが十七世紀のヨーロッパの知識人のあいだで、一躍有名になったのは、プラハにおけるルドルフ二世の宮廷のおかげではなかろうか、と私はひそかに考えている。

周知のように、ハプスブルク家のルドルフの宮廷には、当時の知識人たち、天文学者や錬金術師や博物学者や美術工芸家が雲のごとく集まって、さながらヨーロッパの知的中心地のごとき観があり、皇帝ルドルフは彼らを庇護して、いわゆるマニエリスム時代の文化を大いに興隆せしめたのであるが、このプラハの宮廷の動物園に、一六〇〇年、モーリシアス島から送られてきた二番目のドードーが収容されたのだった。

ルドルフは動植物のコレクションに異常な情熱を燃やした皇帝で、その動物園にはドードーのほかにも、新大陸のオウム類、ニューギニアの極楽鳥の剝製、モルッカ諸島のヒクイドリなどといった珍鳥が集められていた。ドードーは、このルドルフの宮廷で、たちまちオランダ人やドイツ人の動物画家たちの人気者になった。

私はかつて、プラハの丘の上に立つフラッチャニ宮殿の国立美術館で、動物の絵ばかり描いているローラント・サヴェリという不思議な画家の作品を何点も見つけて、これは面白いと思ったことがある。じつは、このベルギー生まれの宮廷画家サヴェリが、とくにドードーを好んだらしく、私は見ていないが、都合八回もドードーの絵を描いているというから驚いたものだ。このように珍重されたドードーは、その後も輸入されたにちがいなく、最後の一羽は一六八一年までプラハで生きていたという。

たしかにドードーという鳥は、画家たちの興味を惹くに十分な、見るからにおかしな恰好をしていた。羽根は灰色、翼は退化して飛ぶことができず、脚は短く、七面鳥よりもやや大きな、丸々と肥った身体をよちよちさせて、地上を歩きまわるのである。嘴は大きく、鷲のように鉤形をしており、敵に迫られると、この嘴で突いて身を防ぐのだが、大して威力があるわけではない。頭は丸く、ヘルメットをかぶっているようである。

この不恰好な鳥の姿は、今日、ローラント・サヴェリの描いた版画によって、私たちにも容易に想像することができる。『不思議の国のアリス』の挿絵を描いたジョン・テニエルも、おそらく、このサヴェリの版画を参考にしたものと思われる。

ドードーには飛翔力がなく、歩行がのろのろしているので、これを捕えるのには何の苦労も要らなかった。おまけに図体が大きいので、一羽で二十人分の食糧になった。

オランダの移民が次々にモーリシアス島にやってくるようになると、荒くれ男たちは片っぱしからドードーを撲殺し、面白半分に虐殺した。船のなかには犬や豚や鼠がいたが、これらも島に放たれて繁殖し、人間とともにドードーを迫害した。ドードーの卵は一腹に一個だったので、犬や豚に卵を食われ、鼠に雛を噛み殺されると、その個体数はぐんぐん減少した。だから発見後百年で、モーリシアス島にはドードーが一羽もいなくなってしまったのである。

同じマスカリン諸島中のレユニオン島にも、種類はやや違うが、やはりドードーの仲間だと思われる白ドードーがいた。すなわち、翼の先端が黒いだけで、全身黄色味をおびた美しい白色のドードーである。これも同じ運命をたどって、同じ頃に絶滅してしまった。

三つ目のロドリゲス島には、頸と脚が長くて、嘴がそれほど大きくない、いくらか変ったドードーがいた。群棲しないので、このドードーはソリテア（ひとり者）と呼ばれた。この仲間も、しかし十八世紀の終り頃には絶滅して、現在では、発掘された骨が残っているのみである。じつに残酷な話であり、惜しむべき損失だと言わねばならぬ。

ルドルフの宮廷にいた十七世紀の画家たちが、この鳥に興味を示さなかったら、骨だけしか残っていないドードーを復原するのは、動物学者にも困難だったにちがいないのである。

ドードーという奇妙な名の起りは、たぶん、この鳥の鳴き声からではないかと考えられている。また、この鳥がどんな種類に分類されるかということも、発見以来、多くの動物学者の頭を悩ませた問題だった。十七世紀の初めまで生きたフランスの博物学者シャルル・ド・レクリューズは、プラハのハプスブルク家の宮廷に滞在中、ドードーを仔細に研究して、これを「駝鳥と白鳥と禿鷹の中間」の種類であろうと推理した。

最初は駝鳥説が有力だったらしく、あの名高いリンネも駝鳥の一種だと主張している。その後、ウズラだとか、シギだとか、トキだとか、さらにはペンギンだとさえ主張する者も現われたようであるが、十九世紀の半ばから、徐々に鳩だとする説が有力になって、現在にいたっているらしい。そういえば、ドードーという鳴き声は、明らかに鳩のものではあるまいか。もっとも最近では、クイナに近いのではないか、という新説も出ていると聞く。どうやら今日にいたるまで、確固とした定説はないかのごとくである。

ドードーの学名は「ディドゥス・イネプトゥス」で、「間抜けなドードー」の意だ。日本でも、愚鳩という字を当てるそうである。しかし私はルイス・キャロルとともに、この絶滅した鳥に愛着をおぼえずにはいられない。

鳥のいろいろ

いくつかの鳥についての面白いエピソードを書きならべてみよう。

イビスという鳥は、種類は違うが、日本では朱鷺《とき》にあたる。熱帯地方の渉禽《しょうきん》で、それがナイル河の蛇を好んで食うため、エジプト人に大事にされていることについては前にも述べた。エジプト神話における予言や治療や魔術の神トートのアットリビュートとしても知られている。しかし私が何よりも面白いと思うのは、俗間で信じられている、この鳥の奇妙な習性なのである。

プリニウスの記述（第八巻二十七章）によれば、イビスは「長い彎曲した嘴《くちばし》を利用して、健康のために不消化物を排出する必要に迫られると、みずから腸管内を洗浄する。こうした器用な真似をするのは、イビスばかりではない。多くの動物が、人間にも役に立つ幾多の発見をしているのだ」と。

つまり、イビスは長い嘴を肛門にさしこんで、糞の排出を促す方法、灌腸《かんちょう》の方法を発見した鳥ということになっているのである。そういう習性が実際にあるのかどうか、私には何とも言えないが、ともかく古代人は妙なことを空想するものだと思わざるを得ない。

もっと奇妙なのは、J・F・クローブの『龍涎香《りゅうぜんこう》の歴史』とかロワ・ギュイヨンの『教訓』とかいった十七世紀の書物に出てくる、アシボブクという鳥である。古くは十六世紀のアンドレ・テヴェの『宇宙誌』にも出てくるようだ。ポルトガル領東アフリカのモザンビークに近い、ユシック諸島という島に住んでいて、大きさは鵞鳥ぐらい、アシボブクという名前はどうやら土人語らしい。夜になると、この鳥は人のいない岩礁の上にきて、翼を休め、大量に糞をする。

この糞が太陽の熱で焼かれ、月の光で清められ、清浄な空気で精練されると、やがて龍涎香に化すると信じられた。龍涎香とは、じつは抹香鯨の腸内に生成される蠟状物質で、昔から香料として珍重されてきたものである。アシボブクの糞は、場合によっては海の波に運ばれて、水面をただよったり、魚に呑まれて吐き出されたりする。そうしているうちに、白や灰色や黒の、さまざまな種類の龍涎香になるのだ。貴重な香料なので、原地民は争ってこれを採取する。

おそらく、死んだ鯨の身体から放出されて、海面にぷかぷか浮かんだり海岸に漂着したりする龍涎香を眺めて、ひとびとは、これを鳥の糞の化したもの、と想像を逞しくしたのではあるまいか。アシボブクなどという鳥も、動物学的にはまったく正体不明の鳥で、とても実在するとは思えないのだ。

中世の動物誌によく出てくるカラドリウスという神秘的な鳥は、千鳥の一種ということになっているが、昔から病気を治す鳥と信じられてきた。多くの学者がこれについて言及しているが、ここでは、美術史家エミール・マールが『フランス十三世紀の宗教美術』のなかに引用している、オータンのホノリウスの文章を紹介しておこう。

「カラドリウスと呼ばれる鳥は、病人が死を免れ得るか否かを見抜くことができる。病人の近くに置かれると、もし病人が死ぬべき運命なら、鳥はそっぽを向く。もし生きる望みがあるなら、鳥は病人をじっと見つめ、嘴をひらいて病気を吸いこんでしまう。それから太陽の光のもとに飛んでゆく。鳥が吸いこんだ病気は、汗のように鳥の体内から発散する。病人はと言えば、もちろん彼は全快する。」

こんな便利な鳥がもし本当にいたら、人工的に大量に飼育して、全世界の病院に洩れなく配属しておきたいところである。

私が前に紹介した「スキタイの羊」は、植物から生ずる羊の伝説であったが、これと同じように、植物から鳥が生ずるという伝説もあった。十七世紀初めのフランスの博物学者クロード・デュレの『驚嘆すべき植物譚』という本に、すぐれた学者であったローマ法王ピウス二世の意見として、次のような文章が掲げられている。

「噂によると、スコットランドには、ある川の岸辺に、鴨の形をした果実の生ずる樹木があるそうだ。果実は熟すると、自然に樹から離れ、あるものは地上に、あるものは水中に落ちる。地上に落ちた果実は、そのまま腐ってしまうが、水中に落ちた果実は、生きて泳ぎ出し、羽ばたいて飛び去る。余はスコットランドに滞在中、このことをジェームズ王に訊いてみた。その結果、分ったことは、この評判の樹木はスコットランドにはなくて、もっと遠いオークニー諸島にあるということだった。」

北国の鴨はほとんど渡り鳥で、いつも群をなして移動しているので、古代人にとっては、彼らがどこで卵を産むのかさっぱり分らず、それが不思議でならなかったのであろう。そんなことから、奇妙な植物鳥の伝説が生まれたものと思われる。

すでに十五世紀の『驚異の書』という本に、この植物鳥の伝説の原型かとも思われる。次のようなエピソードが語られている。そこでは、海中の腐った木材から鳥が生ずるというのだ。

「スコットランド北方のメーンランド島の海岸に、この地方の住民が黒雁と呼んでいる一種の鳥が発生する。発生すると言っても、その鳥は卵から孵るのではなく、海のなかで朽ちた舟の古い木材の腐敗から生ずるのだ。舟の木材は海中に浸っていると、海中の泥土で腐ってしまう。そして腐った木材のなかには、卵の白身のような、ねばねばした一種の泥土が生ずる。この泥土から鳥が生まれるのだ。鳥はまず最初、木材から嘴でぶらさがっているが、二ヵ月もたって、その全身が羽毛でおおわれ、目立って大きく成長すると、海中に落ち、黒い羽毛をもった美しい鳥になって、普通の鳥と変ることなく、気の向くままに海上を飛びまわるようになる。その肉は白く、やわらかく、風味があって、野鴨の肉のようである。」

植物鳥のエピソードを二つだけ紹介したが、そのいずれもが、スコットランド周辺の土地の物語であるのは面白い。おそらく、これは渡り鳥の多い北の国の風土と関係があるにちがいない。シャルボノー・ラッセの説によれば、デンマークやスコットランドのような北国の住民にとっては、鴨や雁のような鳥は、白鳥に匹敵するシンボリックな意味をもった鳥なのだという。

十八世紀初頭には、植物ではなくて、烏帽子貝という一種の水棲動物から、やはり鴨のような鳥が発生すると主張する学者が現われた。『珍しい植物の自然と技巧』（一七〇九年）を書いたフランスのヴァルモン師がそれである。

烏帽子貝というのは、フジツボのように、海中の流木や船底などに群棲付着している小さな甲殻類である。石灰質の殻につつまれ、殻のあいだから、植物の蔓のような足を出してプランクトンを捉える。ちなみに、烏帽子貝はラテン語で anatifera というが、anas は「鴨」、fero は「運ぶ」を意味している。どうやら烏帽子貝から鴨が生じるというのは、ヴァルモン師の創見ではなく、非常に古くからの伝説だったようである。

「黒鴨という鳥は」とヴァルモン師は断言する、「魚のように卵を放出する。魚がするように、水のなかに当てずっぽうに卵を産み落し、太陽の熱によって孵化させるのだ。古来の伝説のように、この卵は水のなかをただよって、ぶつかったものに付着する。とくに腐った木に付着する。腐った木には粘着性があるからである」と。

つまり、ヴァルモン師によれば、烏帽子貝は黒鴨の卵そのものだったのだ。いかにも非科学的で、馬鹿馬鹿しい意見のような気がするかもしれないが、ヴァルモン師の名誉のために述べておくと、かつては黒鴨は冷血の鳥で、体温がないため、自分では卵を孵すことができないと考えられていたのである。ソルボンヌの神学者会議でも、水鳥は羽毛のある魚の一種だと見なされていたので、肉食を禁ずる四旬節の期間にも、水鳥だけは食べてもよいことになっていた。そういう考え方が抜きがたく支配していたので、必ずしもヴァルモン師だけが奇矯な意見の持主だったというわけでもないのである。

鳥も植物も魚も、まだ十八世紀まではごっちゃになっていたというわけだ。

鳥と風卵

『博物誌』の第十巻は、まず駝鳥の記述からはじまっている。

「鳥の記述に移ろう。鳥のなかでいちばん大きく、ほとんど四足獣の仲間に近いのは、アフリカおよびエティオピアの駝鳥である。騎馬の人間よりも背が高く、走ることにおいても馬より速い。翼も走るときにしか役に立たず、地上から飛びあがることはない。足は鹿の足に似ていて、戦うときに役に立つ。また二つに分岐していて、石をつかむことができ、追ってくる者があれば逃げながら石を投げつける。駝鳥は呑みこむものすべてを無差別に消化する驚くべき能力の持主であるが、それに劣らず驚くべきなのは、その愚かしさである。すなわち茂みのなかに首だけかくせば、からだ全体がかくれたものと思いこみ、背の高いからだが丸見えなのにも気がつかないのだ。駝鳥の卵はきわめて大きいので、これを容器として利用する者もある。その羽毛は戦士の兜の飾りになる」

プリニウスは「四足獣の仲間に近い」と書いているが、駝鳥が獣と鳥の中間的存在であるということは、アリストテレスも述べている通りであり、おそらく古代における一般的見解だったのではないかと思われる。いや、それどころか、十三世紀のブルネット・ラティーニの『小宝典』にも、「駝鳥は鳥に似た羽毛と駱駝の足をもっている」などと書かれているし、プリニウスの受け売りを得意とする十六世紀のアンブロワズ・パレの『怪物および異象について』にも、「駝鳥は鳥類中最大で、ほとんど四足獣の性質をもっている」などと書かれているくらいだから、駝鳥が獣に近い動物だという観念は、近代にいたるまで受け継がれたと考えなければならぬだろう。

プリニウスの用いるラテン語では、おもしろいことに駝鳥は struthocamelus と表記されている。camelus とはすなわち駱駝であるから、もう最初から駱駝の親類みたいな鳥だと考えられていたのにちがいない。そういえば、駝鳥の駝の字は駱駝の駝の字だから、中国においても両者は縁つづきと見られていたのだろう。

思いつくままに、次に『博物誌』第十巻第十五章より引用しよう。

「カラスは多くて五羽の子を産む。俗説によれば、カラスはくちばしで卵を産むとか、くちばしで交尾をするとかいう。この理由のために、妊婦がカラスの卵を食えば口から胎児を吐き出すとか、家にカラスの卵をもってくれば妊婦はかならず難産するとかいわれている。アリストテレスによれば、エジプトのイビスの場合と同じく、そんなことはまったく嘘であり、カラスは要するにハトと同じく、しばしばくちばしで接吻するだけのことなのだ」

この部分は南方熊楠が好きで、『南方随筆』に二度にわたって引用しているから御記憶の方もおられるだろう。カラスがくちばしで交尾するという説をアリストテレスが否定しているのは『動物発生論』第三巻第六章においてで、「げんにアナクサゴラスその他の自然学者たちも述べているが、あまりに単純で軽率な説である」とたしなめている。

文中にイビスという鳥の名前が出てきたから、ついでにエジプトの聖鳥イビスについてふれておこう。第八巻第四十章から第四十一章へかけて引用する。

「五匹の鰐《わに》とともに、河馬《かば》が初めてローマで展示されたのは、マルクス・スカウルスが造営官の職にあったころ、ここで催物が行われたときであった。臨時の泉水がつくられて、そこに動物たちは放された。河馬は医学のある分野においては、偉大な先達と目されている。すなわち食物をたくさん食ってあまりふとりすぎると、水から出てきて岸辺をあるき、どこかに刈ったばかりの葦の茂みはないかと探しまわる。そして鋭い切り口の葦を見つけると、そこにからだを押しつけて、みずから脚の血管を切る。こうして瀉血をして、ふとりすぎの病気になることから免れると、傷口に泥土を塗って血をとめるのだ」

「同じような例はエジプトに棲むイビスという鳥においても認められる。すなわちイビスは健康のために不消化物を排出する必要に迫られると、長い彎曲したくちばしを利用して、みずから腸管の内部を洗浄するのだ。こうした器用なまねをするのはイビスだけではない。多くの動物が、人間にも役に立つ幾多の発見をしているのである。たとえば鹿は矢で射られると、ハナハッカという植物を食って、体内の矢を排出してしまうので、この植物は人間にも役に立っている」

イビスは日本のトキに近い水鳥で、ヘロドトスも『歴史』第二巻第七十五章で述べているように、ナイル河の蛇を好んで食うため、エジプト人から大いに尊重されているという。そのイビスが長いくちばしを肛門にさしこんで、みずから灌腸するというのだからおもしろい。実際にそんな習性があるのかどうか、私には何ともいえないが、いかにもプリニウスらしい目のつけどころだと思わないわけにはいかない。河馬が瀉血をするというのも愉快だが、私にはこのイビスのエピソードが大いに気に入っている。南方熊楠がどうしてこれに注目しなかったのか、ふしぎな気がするくらいである。

次に第十巻に出てくる孔雀に関する部分をピックアップしてみよう。まず最初は第二十二章。

「第二種の鳥は二つのグループ、すなわち歌う鳥と飛翔する鳥とに分類される。前者は歌によって、後者は大きさによって識別される。この後者にも段階があって、まずその筆頭に位置すべきは孔雀であろう。その美しさにおいても、その美しさをみずから意識し誇りとしている点においても、この鳥は抜群だからだ。ひとがほめると、孔雀はわざわざ太陽に向って、そのきらめく色彩の翼をひろげて見せる。こうすればさらに効果的に光りかがやくからだ。同時に孔雀はその尾羽根を貝殻のように円くして、ある種の陰影を生ぜしめようと苦心しては、暗い地の上の残りの部分をいっそう輝かしく見せようとしたり、尾羽根の眼状紋を束にしてあつめては、好んでひとの視線にさらそうとしたりする。しかし年ごとに、葉が落ちるように尾羽根が抜けるから、春とともにふたたび新しい尾羽根がはえてくるまでは、恥ずかしくてたまらず、孔雀はこっそり身をかくす場所を求める。寿命は二十五年で、三歳のころから色彩を示しはじめる」

プリニウスの筆にしては、このあたり、かなり細密な描写というべきだろう。次に第二十三章を引用しよう。

「ローマで最初に孔雀を殺して食ったのは雄弁家のホルテンシウスで、その司祭職就任を祝う宴会の席上だった。初めて孔雀を食用として飼育したのはマルクス・アウフィディウス・ルルコで、最後の海賊戦争の時代だった。これは年収六万セステルスの実入りになったという」

孔雀の舌、孔雀の脳髄、あるいは孔雀の卵をローマの美食家が好んで口にしたことは、よく知られていよう。次に、その孔雀の卵の出てくる第七十九章を引用する。

「孔雀は三歳から卵を産みはじめる。最初の年には一個ないし二個、次の年には四個ないし五個、その後は年ごとに十二個も産むが、それ以上は産まない。もし卵を雌に抱かせるならば、二三日の間隔をおいて一年に三回産む。雄は卵を抱いている雌と交わろうとして、しばしば卵を踏みつぶしてしまう。だから雌は夜、かくれたり高い樹の枝にとまったりして卵を産むので、なにかやわらかいものを下に敷いておかないと、卵は落ちて割れてしまう。雄は五羽の雌を必要とする。一羽か二羽しか雌がいないと、欲求不満のために生殖能力も狂ってしまう。卵は二十七日で、あるいは遅くとも三十日で孵る」

このあたりもアリストテレスの『動物誌』第六巻第九章と似たような叙述であるが、プリニウスのほうがややくわしいというべきか。次に引用するのは第八十章である。

「われわれがヒュペネミア（風卵）と呼んでいる無精卵は、雌鳥どうしが交尾のまねをして興奮したり、砂の中をころげまわったりすることによって生ずる。単に鳩のあいだで生ずるのみならず、鶏やシャコや孔雀や鵞鳥やアヒルのあいだでも生ずる。この卵は孵ることがなく、やや小さめで、味もわるく水っぽい。あるひとはこれを風によって生ぜしめられた卵と考えており、そのためにゼピュリア（西風卵）と呼ばれることもある。この風卵は春にしか生ぜず、また雌が卵を抱くのを中断したときにしか生じない。別名をキュノスーラ（犬尾卵）という」

風卵とは耳慣れない表現だが、要するに雌だけで産まれる受精していない卵を、ギリシア人が風卵と呼んだのである。アリストテレスの『動物誌』や『動物発生論』には、この風卵に関する記述がおびただしい。古くから西風が雌馬を孕ませるという俗説があり、ここにも西風卵ということばが用いられているから、あるいは両者のあいだには関係があるのかもしれない。ホメーロス（『イーリアス』第十六巻および第二十巻）にもウェルギリウス（『農耕詩』第三巻）にも出てくるが、たとえば『博物誌』第八巻第六十七章には次のようにあるから、御参考までに引用しておこう。

「ルシタニアのオリシポ（現在のリスボン）やテージョ河の付近で、西風が吹いてくると、雌馬が西風のほうへ顔を向け、いのちの息吹きを吸いこんで、孕まされるという話はよく知られている。こうして産まれた若駒は驚くべき駿足ぶりを発揮するが、三歳になるのを待たずに死ぬという」

次に鷲のことを書きたいが、第十巻には鷲に関する記述がはなはだ多いから、いくつかを断片的に引用する。まず第四章の最初の部分。

「鷲には六種あるが、そのうち最初の三種と五番目の種は、その巣をつくるのに鷲石を用いる。鷲石は薬効多く、火によっても少しも損われない。子宮に胎児をおさめるごとく、石の中に小さな石があって、これを振れば音がする。ただし鷲石は巣から採ったらすぐ用いなければ治療上の効果はない」

この部分は南方熊楠が「孕石のこと」というエッセーに引用しているから、その訳文を参照した。鷲石については、かつて私は『胡桃の中の世界』にふくまれる「石の夢」というエッセーにかなりくわしく書いたことがあるから、ここでは繰り返さない。熊楠にも「鷲石考」があることは周知だろう。いずれ本稿で石について書く機会があったらふたたびふれることにして、次に第五章の一部を引用しよう。

「第一種と第二種の鷲は、小さな四足獣をさらったりするだけでは満足せず、すすんで鹿と戦いを交える。すなわち地面をころげまわって砂まみれになると、鹿の角の上にとまって、翼をばたばたさせて、鹿に砂の目つぶしを食らわせる。そうして鹿のあたまを翼で打ちのめして、ついに鹿を谷間に突き落してしまうまでやめないのである。しかし戦う相手が鹿だけではまだ十分ではない。鹿を相手にしたときよりもっと激烈な、空中で演じられるとはいえ、はるかにもっと危険にみちた戦いを、ドラゴン相手に交えるのだ。ドラゴンは鷲の卵を手に入れようと虎視眈々ねらっている。それに対して鷲はドラゴンを見つけ次第、たちまち空中にさらってゆく。しかしドラゴンは鷲の翼をぐるぐる巻きにしてぐいぐい締めつけるので、両者はからみ合ったまま地上に落ちてしまうのだ」

鷲とドラゴンは不倶戴天の敵どうしということになっていたから、古代作家はよく両者の戦いを描いたものである。このプリニウスの描写も、わるくない。つづいて第六章を引用しよう。

「セストスの町では一羽の鷲が不朽の名声を確立している。この鷲はひとりの少女に育てられたが、恩義を感じて少女にまず鳥を、次には獣を持ってきた。やがて少女が死ぬと、少女の遺骸を焼く火の中に飛びこみ、少女とともに焼け死んだ。そこで市民は同じ場所に、ユピテルと少女を祀るヘローンと呼ばれる記念碑を建てた。鷲はユピテルに属する鳥だからである」

セストスというのは、例のペルシアのクセルクセス王が橋をかけようとした、アジアとヨーロッパを分断するヘレスポントス海峡の、ギリシア側にある町だと思えばよいだろう。南方熊楠はこのエピソードを引用したあとで、「何にいたせ、鷲は美少年や婦女を好む鳥とされたものだ」などと書いている。ガニュメデスをさらったのもユピテルの使いの鷲だったから、熊楠のいうことにも一理あるかもしれない。

最後に第十巻の第二十五章、鶏に関する部分を引用しよう。

「雄鶏は去勢されれば、もはや時をつくらなくなる。この手術には二つのやり方がある。すなわち赤熱した鉄の棒で腰部を焼くか、あるいは脚の下のほうを焼くかして、その傷口に陶土を塗っておけばよい。そうすれば容易にふとるようになる。ペルガモンでは毎年、多くの見物人の前で、剣闘士の試合を行うように闘鶏を行う。記録によれば、マルクス・レピドゥスとクイントゥス・カトゥルスが執政官であったころ、リミニ地方のガレリウスという者の別荘で、一羽の雄鶏が人語をあやつったという。これは私の知っている唯一の例である」

十六世紀のジロラモ・カルダーノは、若いころ、しばしば夢の中で人語をあやつる雄鶏を見たそうだが、夢の中ならばともかく、こんな話がめったに現実にあろうとは思われない。「私の知っている唯一の例」とプリニウスはいうが、さもありなんといったところだ。

極楽鳥について

極楽鳥の種類はきわめて多く、東南アジアからニューギニアまでの地域に、亜種をふくめると百種類以上も見つかっているそうであるが、とくにヨーロッパの伝説に登場するそれは、シンガポールおよびジャワ島産の極楽鳥だという。これはもっとも形が大きく、しかも美しい種類のもので、かの博物学者リンネが中世の伝説に基づいて、パラディセア・アポダという学名をつけたところの極楽鳥だった。アポダ、すなわちラテン語で「脚がない」という意味である。中世の伝説では、極楽鳥には脚がないと信じられていたのである。

脚がないから、極楽鳥は樹の枝にとまることもできず、地上に舞い降りることもできず、四六時中、休みなく空中を飛びまわっていなければならない。生きているかぎり、眠っているときでさえ、永遠の飛翔をつづけていなければならない。死んで初めて地上に落ちてくるので、人間には死んだ極楽鳥のすがたしか見ることができない。——そんな伝説が、おそらく十五世紀の終りごろからであろうか、ヨーロッパにかなり広く行われていたのである。

一説によると、こんな奇怪な伝説が生じるようになったのは、香料とともに東洋の島から船載された最初の極楽鳥が、原住民によってその脚をもぎ取られた、不完全なすがたの剝製だったからだろうという。脚のない極楽鳥の屍体を見た学者たちが、揣《し》摩《ま》臆測をたくましくして、無理にこんな理窟をつけたのにちがいあるまいという。しかし私にいわせれば、この説は、とうてい信じがたいもののように思われる。一見、いかにも合理的でもっともらしいが、よく考えてみると辻褄が合いすぎていて、かえって眉唾物のような気がするのである。それに伝説とは、必ずしも合理的な説明を要しない、イマジネーションの無償のたわむれから生じるものではないのだろうか。たとえば『物語世界動物史』（一九五六年）の著者ヘルベルト・ヴェントのごときは、次のような大胆な仮説を述べている。

世界周航をめざして出発したマゼラン艦隊五隻のうちの、唯一の生きのこりの船ヴィクトリア号が、壊血病でやつれはてた十八名の乗組員とともに、ようやくセビリヤの港に帰着したのは一五二二年九月八日のことであった。このヴィクトリア号には、東インド諸島の貴重な香料とともに、船長エルカーノがモルッカ諸島の一酋長から贈られた、ヨーロッパではきわめて珍しい鳥の剝製標本が積まれていた。なによりもふしぎなのは、この極楽鳥と名づけられた、目もあやな極彩色の羽毛の密生した鳥に、肉もなく骨もなく、脚さえもないように見えたことだった。からっぽの袋みたいにぺっちゃんこなのである。空想を好むひとびとは、もしかしたら、この鳥が天国からやってきたのではあるまいかと考えた。実際、そう考えてもよいほど、輝くばかりの美しさを誇示した鳥だったのである。

モルッカ諸島の一酋長から贈られた極楽鳥は、今日ではパラディセア・ミノルと呼ばれている種類で、パラディセア・アポダにくらべると、そのからだもいちじるしく小さく、その色彩の豪華さの点でも劣るようである。しかし初めて極楽鳥を見たスペインの博物学者には、もとより、そんな違いは問題になりようがなかった。ヴェントの意見によると、極楽鳥伝説の発祥は、どうやらスペインの博物学者フランシスコ・ロペス・デ・ゴマラにあるらしいという。ロペス・デ・ゴマラといえば、エルナン・コルテスの秘書となってアメリカへ渡り、『インディアス通史』を書いたひととして知られているが、それはここでは関係がない。エルカーノが持ち帰った剝製の鳥をしらべたとき、ロペス・デ・ゴマラは、それが原住民によって巧みに製作されたものだということに少しも気づかず、この鳥に脚も骨もないことに、すっかり驚嘆してしまったのであろうという。

しかし、私の印象を率直にいわせてもらうならば、このヴェントのいかにも本当らしい意見は、どうにも眉唾物のような気がしてならないのである。いかに巧みに作られていたとはいえ、専門の博物学者が、原住民の細工を見やぶることができないほど、鳥の身体的構造に無知であるということがありえようか。「鳥類にはすべて脚がある」と古代の哲学者アリストテレスは明言しているが、十六世紀のスペインの博物学者には、このような古代の知識さえ欠如していたのであろうか。

とはいえ、私はなにも、ここでロペス・デ・ゴマラの科学者としての名誉を回復したいと考えているわけではないのだ。私がいいたいのは簡単なことで、極楽鳥に脚がないという伝説が、すでに中世から行われていたのではないかという一事のみである。たしかに、ヴェントの意見が間違っているということを証明するための材料は、いまのところ私の手もとには揃っていない。ヴィクトリア号がセビリヤの港に帰着した一五二二年よりも以前に、極楽鳥伝説の記載された本が、ヨーロッパのどこかで出版されているのが見つかれば問題はないのだが、残念ながら、そうは問屋が卸してくれそうもないからである。

断わるまでもあるまいが、プリニウスやソリヌスのような古代作家の著作には、極楽鳥に関する記述はまったくない。もちろん、アリストテレスにもない。それは当り前のことで、彼らの知っていたアフリカからインドまでの旧大陸には、極楽鳥は棲息していなかったからである。しかし十二世紀の終りから十四世紀にかけて、マルコ・ポーロやオデリコや、マンデヴィルやヘイトンらの東方旅行記がぞくぞく出るようになると、そろそろヨーロッパで、極楽鳥伝説は形成されはじめたのではなかろうかという気が私にはする。マルコ・ポーロもモンテコルヴィーノも、オデリコもマリニョリも、ジャワあるいはスマトラのあたりを船で通っているからだ。彼らの旅行記に極楽鳥に関する具体的な記述はないが、インド航路による東西交流のようやく頻繁になり出した当時の情勢を考えると、この鳥の名前が十四世紀にいたるまでヨーロッパに知られていなかったとは、ちょっと考えられないような気が私にはするのである。

少なくとも十五世紀の終りには、極楽鳥の名前がヨーロッパに知られていたという証拠はある。一四九一年、マインツで刊行されたドイツの本草学者ヨハン・フォン・カウブの『ホルトゥス・サニタティス』のなかに、極楽鳥に関する短い記述があるのだ。これはヴィクトリア号のセビリヤ帰還の年より三十年ほど早い。ただし、ここには、極楽鳥に脚がないという肝心の極楽鳥伝説に関する記述だけがすっぽり抜け落ちているのである。もし『ホルトゥス・サニタティス』のなかに極楽鳥伝説に関する記述が少しでもあれば、この伝説がヴィクトリア号の帰還とともに始まったというヴェントの主張はみごとに覆されることになるのだが、なんとも残念なことといわねばならぬ。

ともあれ『ホルトゥス・サニタティス』の文章を次に引用しておこう。

「この鳥が極楽鳥と呼ばれるのは、べつに極楽に棲んでいる鳥だからではなく、きわめて美しく光りかがやいていて、この世のどんな色彩もそこには欠けていないと思われるほどだからである。大きさは鷲鳥くらいで、その声は甘くやわらかく、聞くものはつい憧れと歓びの感情を目ざめさせてしまうほどである。この鳥は捕えられ縛られると、悲しげに鳴き、嘆き、訴えることをやめないので、私たちは思わず縄をといて、自由の身にしてやらずにはいられないような気持になる。」

色彩の美しい鳥にかぎって、きまって声がわるいものである。この筆者はおそらく、極楽鳥というものを見たこともなければ、その声を聞いたこともなかったのであろう。極楽鳥の声は、じつは鴉にそっくりだと思えばよいであろう。しかしそんなことよりも、ここには、十六世紀以後の学者があれほど執着して書いた、極楽鳥には脚がないという伝説が、一言半句も出てこないところが何とも奇妙なのである。

＊

神話や伝説の起源を合理的に解釈しようとする試みに対して、いつも私は胡散くさいものを感じてしまう。そのことを、ちょっと書いておきたい。いちばんばかばかしいのは、ケンタウロスの起源の説明であろう。すなわち、ホメロス時代のギリシア人は馬に乗ることを知らなかったから、初めて見た北方スキタイの騎馬民族を、あたかも人馬一体の怪物であるかのように想像した、というのだ。しかし、むかしから馬と馴染んできたギリシア人が、馬に乗ることを知らなかったはずはないし、たとえ知らなかったとしても、騎馬の人間をただちに怪物と思うはずはないのである。

スキヤポデスというのは、インドに棲むと伝えられる一本足の人間の種族で、彼らは眠るとき、その巨大な一本の足を傘のように頭上にかざして、日除けにするといわれている。クテシアス以来、多くの古代作家によって語られてきた畸形人間の一種であるが、このスキヤポデスの起源を合理的に説明しようとして、ジョヴァンニ・ダ・マリニョリは『ボヘミア年代記』のなかで次のように述べている。すなわち、「インド人は一般にはだかで歩くとき、棒の先に小さなテントのようなものをつけ、これを頭上にかざす習慣がある。彼らはこれを傘と呼んでいるが、これが詩人の目には足のように見えたのであろう」と。

このフランチェスコ会宣教師の説明も、じつにばかばかしいほど単純で、とても信ずるに足るものではない。

しかし、ここでお断わりしておかねばならないのは、私がこれらの合理的でばかばかしい説明や解釈を、必ずしも愛していないわけではないということである。論理の世界にパラドックスというのがあるとすれば、これらはイメージの世界のパラドックスともいうべきもので、無理に辻褄を合わせたような、どこかおかしなところがある。合理的たらんとして、かえって非合理に落ちこんでいるようなところがある。そこが私にはおもしろいのである。

もう一つ例をあげよう。キマイラというのは獅子の頭、牝山羊の身体、ドラゴンの尾をもった古代ギリシアの怪獣である。ところで一説には、このキマイラはリュキア地方（小アジアの南西部）の火山の名前でもあるのだ。この火山のふもとにはドラゴンが棲み、山腹には山羊の群が草を食み、頂上の火口では、獅子がかっと赤い口をあけているという。つまり火山のイメージによって、わけのわからぬ怪獣を合理的に説明しているのである。もともとキマイラは、あまりにも異質なイメージの寄せあつめでしかなかったから、なにか別のもので比喩的に表現でもしなければ、おさまりがつかなかったのではないかと思われる。

＊

十六世紀の中ごろになると、極楽鳥の伝説は、あらゆる動物誌のなかにすっかり定着してしまったかの観がある。ジロラモ・カルダーノの『精確さについて』（一五五〇年）にも、コンラッド・ゲスナーの『動物誌』（一五五一〜五八年）にも、ピエール・ボワトーの『不可思議物語』（一五六四年）にも、アンブロワズ・パレの『怪物および異象について』（一五七三年）にも、それぞれ極楽鳥の伝説に関する似たり寄ったりの記述を見出すことができる。ひとりが書くと、たちまち他の者もまねをして書くところは、今日における学者たちの習性とまったく変らない。御参考までに、ここではパレの文章を引用しておこう。

「ジロラモ・カルダーノがその著『精確さについて』のなかで述べているところによると、モルッカ諸島の地上あるいは海上で、マヌコディアータと呼ばれる鳥が発見される。これはインド語で『神の鳥』という意味だが、いつも屍体で発見され、生きているすがたは決して見ることができない。この鳥は空高く棲み、その嘴とからだは燕に似ているが、さまざまな色の羽毛が美しく生えている。頭は純粋な黄金色、胸は家鴨の色、そして尾と翼は雌孔雀の色に似ている。脚がまったくないから、疲れたり眠くなったりすると、樹の枝に羽根を巻きつけてぶらさがる。おどろくべき速さで飛翔し、空気と露より以外のものを食わない。雄の背中に空洞があって、そのなかで雌が卵を孵す。私はかつて、亡きシャルル九世に献上された一羽をパリで見たことがある。私の標本室にも、苦心して入手した一羽が大事に保存してある。」

このパレの文章のなかで、科学的に正しいところは一つとしてないが、ただ、「樹の枝にぶらさがる」という部分が、奇妙な偶然の一致を示しているといえよう。ニューギニアに棲む美しい青風鳥の雄は、交尾期になると、とまっている樹の枝から、さかさまにぶらさがって羽根をふるわせるのである。もちろん、脚の爪でぶらさがるのであって、羽根でぶらさがるわけではないけれども。

ボワトーの『不可思議物語』の一部をも、ついでに引用しておこう。

「この鳥は珍しいので非常に高価である。レヴァント諸国の領主たちは、この鳥の羽根を兜の前立として飾る。ドイツ人は彼らのことばで、この鳥をルフトフォーゲルと呼ぶが、それは空気の鳥という意味である。空気のなかで生きているからであり、また空気を食って生きているからである。モルッカ諸島の王たちは、この鳥の死んだやつを五羽、皇帝カルル五世に寄贈した。それというのも、すでに述べたように、この鳥を生きたままで捕獲するのは絶対に不可能だからである。」

脚がないから死ぬまで飛びつづけているということ、空気しか食わないということ、――これがどうやら極楽鳥の二つの大きな特徴として、十六世紀以後の博物学者たちにマークされるようになったもののごとくである。

私はここで、いささか奇矯な言辞を弄することになるかもしれないが、ぜひとも次のことを申し述べておきたい。それはなにかというと、ヴィクトリア号の持ち帰った、最初の極楽鳥をしらべたスペインのロペス・デ・ゴマラをはじめとして、十六世紀のヨーロッパの博物学者たちが、すすんで中世の極楽鳥伝説を温存するために一肌ぬいだのではないか、ということだ。もしかしたら、彼らは知っていながら、わざと知らないふりをして、極楽鳥には脚がないなどと、まことしやかに主張していたのではないだろうか。どうもそんな気がしてならないのである。ヴェントによれば、ロペス・デ・ゴマラは船載された極楽鳥に脚も骨もないことに、びっくり仰天したということになっているのだが、むしろ彼は、にやりと会心の笑みを浮かべたのではなかったろうか。なぜかといえば、原住民によって脚をもぎ取られたモルッカ諸島のパラディセア・ミノルは、ふしぎにも伝説のなかの神秘な鳥と形態上の一致を示していたからである。

いや、さらに勘ぐれば、もともと中世の伝説などといったものはなにもなくて、極楽鳥には脚がないというフィクションは、げんに脚のない鳥を目撃した、ロペス・デ・ゴマラの創作にもっぱら負うところだったのではあるまいか。

読者はいうであろう、それでは結局のところヴェントの仮説と同じではないか、と。たしかに、そういえばヴェントもまた、極楽鳥伝説の発祥をロペス・デ・ゴマラにありと見ている。ただ、ヴェントはあくまで、スペインの学者がびっくり仰天して、脚のない鳥の実在をあたまから信じたと考えているのである。私の考えは、ぜんぜんちがう。この学者はもっと山気のある男で、無名の芸術家が一代の傑作を残すように、意識して一つのフィクションをみずから世間に流通させたのである。果然、彼の思惑は図にあたって、彼がつくり出した極楽鳥に関する伝説は、彼以後のヨーロッパのあらゆる国の博物学者たちの踏襲するところとなった。いや、必ずしもヨーロッパだけの話ではない。目を日本に転じてみるならば、――

＊

目を日本に転じてみるならば、私たちはここにもやはり、極楽鳥伝説の余波の確実におよんでいることを知りうるのである。江戸期の随筆のなかに、オランダの船とともに渡来した極楽鳥の剝製標本について叙したものがあり、それも二、三にとどまらないが、その多くがヨーロッパの極楽鳥伝説をちゃんと伝えているのは驚くばかりである。司馬江漢の『春波樓筆記』（一八一一年）から次に引用してみよう。ここでは極楽鳥が風鳥と呼ばれている。

「風鳥というものあり、生きたるはなし、みな皮むきなり。必ず足なし。蘭書花連的印《ハレンテイン》に図ありて、此の鳥印度諸島にあり、しかれども稀なり。恒に天を飛びて地に下らず、鳩の大きさにしてかき色、また紋あるもあり、其の種二三品、尾は孔雀の如く、左右の脇より雲珠《ウズ》巻きたる羽あり。和蘭これをパラデイスホーゴルという。パラデイスは天堂をいい、ホーゴルは鳥なり、故に極楽鳥と訳す。」

文中にある皮むきとは、剝製のことであろう。蘭書花連的印《ハレンテイン》というのは、十七世紀の末から十八世紀の初めにかけて東インドに永く滞在し、ジャワ島やモルッカ諸島で、アジアに関する地理歴史の資料を精力的に蒐集したオランダの宣教師フランソワ・ファレンテインの大著『新旧印度志』（一七二四～二六年、アムステルダム刊）のことにちがいない。江漢は、この本にのっている銅版画の挿絵を模して、木版陰刻「霊鷲山図」なるものを製作してもいる。それはともかく、このファレンテインという人物もまた、極楽鳥の歴史においては明らかに重要な役割を演じた人物なので、そのことを少しく書いておきたい。

もう一度だけヘルベルト・ヴェントのお世話にならなければならないが、『物語世界動物史』によると、十七世紀の半ばごろ、ゲオルク・エーベルハルト・リュンフという男がオランダの東インド会社に加わって、モルッカ諸島の一つアンボイナ島に住みつき、ここで動植物の研究をはじめたのだった。リュンフは不幸にして、晩年に黒内障で失明したが、息子に口述筆記をさせて、アンボイナ島の博物学に関する五巻の大著を完成した。ところが、この著作の鳥類をあつかった部分だけが、原稿のうちに紛失してしまったのである。盗んだのは、この盲目の老博物学者に近づいて、こっそり原稿を読んでいたと思われる同国人の宣教師ファレンテインであった。

ファレンテインはリュンフの著作を盗んだだけでなく、盗作者のつねとして、その内容を改竄しもした。モルッカ蟹の発見者として名高いリュンフは、おそらくヨーロッパで初めて、極楽鳥の科学的に正確な記述を残していたと思われるのに、ファレンテインはこれを勝手に取捨選択して、ふたたび記述を古い伝説の方向にねじ曲げてしまったのである。フィクションの方向に逆もどりさせてしまったのである。彼の『アンボイナの鳥類に関する研究』は一七二六年、オランダで刊行された。それは大衆向けに「神の鳥」伝説を繰りかえし、まことしやかに嘘八百を書き立てたものであった。司馬江漢が参考とした蘭書の著者とは、じつのところ、かような山師的な人物だったのである。したがって、江漢の記述のなかに、古い極楽鳥伝説がそのままの形で残っていたとしても、べつに少しも異とするにはあたらないのである。江漢自身がこれをどう感じたかについては、残念ながらなにも分らない。彼は批判的なことはなに一つ書いていないからだ。

＊

極楽鳥伝説は、十八世紀になって江戸期の日本へ渡来してから、一つだけ新しいヴァリエーションをつけ加えたように思われる。いわば日本人のイマジネーションによって、この古いヨーロッパの伝説がさらに豊富になったのである。そんなばかな、と読者はおっしゃるであろうか。それならば江戸小咄本『譚嚢』にふくまれる「風鳥」と題された次の一篇をごらんいただきたい。

「いつぞや護国寺の開帳で風鳥というものを見たが、あれはおかしなもので、足がなくて、ちょうどとっくりに羽根のはえたようなものだ。あれは餌を食うときはどうする。」

「そこで餌とては食わぬ。風を餌にして居る。」

「糞はどうする。」

「なに糞をするもんか。屁ばかり屁ばかり。」

これには類話もあるところを見ると、同じような落ちのある咄が天明期を中心に、ずいぶん出まわっていたのではないかと想像される。しかしいずれにせよ、風鳥は空気（風）しか食わないから、出るものも出ないはずで、たとえ出るものがあったにしても、それは空気すなわち屁ばかりであろうという発想は、きわめて日本的であると同時に、きわめて論理的でもあるだろう。少なくともヨーロッパの論理では、口から入った風がそのまま一直線に肛門から抜け出るというイメージは、これを思い浮かべるのに困難をおぼえるのではないだろうか。そんな気がする。いや、困難ではないとしても、それがただちに滑稽感とむすびつくかどうか。私にはなんとも断言いたしかねる。

小咄においてばかりでなく、同じアイディアは江戸期の珍重すべき反体制思想家の書にも生かされているので、よくよく日本人は屁について語ることが好きな民族だという印象を私は受ける。安藤昌益の『自然真営道』巻二十四に「法世物語」と題されて、鳥たちが会合して口々に評議する場面が出てくるが、ここで風鳥がはからずも鳥たちに文句をいわれるのである。

「御辺は風上に居ることなかれ。御辺は常に風のみ飲みて、食せざる故に、糞すること無く、屁のみする故に、風上に居ては、席中の諸鳥、はなはだ迷惑なり。」

コンラッド・ゲスナーやアンブロワズ・パレがこの話を聞いたら、はたしてどんな顔をするであろうか。モルッカ諸島を生まれ故郷とする「神の鳥」も、こうして二百年たって地球をぐるりと一周し、ヨーロッパからふたたび東洋へたどりついてみると、ずいぶん尾羽打ち枯らしたものだと思わざるをえない。なにしろ彼はいまや鳥たちの鼻つまみ(文字通りの!)となっているのだから。

*

風のみを食って生きていると考えられた動物は、しかし、必ずしも極楽鳥だけではないということを私は最後に強調しておきたい。ここで、日本において不当に辱められた極楽鳥の名誉を少しでも回復しておきたいと考えるのは、あながち私が日本人であるためばかりではないのである。

ハムレットが王に「加減はどうだな」と聞かれて、「まさに元気いっぱい、カメレオンよろしく、空気ばかり食っております」と答えるように、カメレオンもまた、空気のみを食って生きていると信じられていたのである。アリストテレスは観察を重んじるから、そんなことを書いてはいないが、オウィディウスの『変身譜』（巻十五）には、ちょっと出てくる。プリニウスの『博物誌』（第八巻五十一章）にも、確信ありげに書いてある。そもそもカメレオンは南スペインをのぞいてヨーロッパには棲息しないから、古代の作家にとっては、ほとんど想像上の動物にひとしかったのであろう。そのせいか、中世の動物誌にもあんまり出てこない。私の目にした範囲では、ブルネット・ラティーニの『小宝典』に短い記述があるが、わざわざ引用するほどのこともあるまい。

しかしカメレオンの場合も、極楽鳥の場合と同じく、それが屁をするなどとは、どこにも書かれていない。カメレオンはともかくとして、ハムレットが屁をしたらおかしいではないか。

＊

十六世紀の中ごろ、インドから東南アジアまでを放浪したポルトガルの詩人ルイス・デ・カモンイスの大叙事詩『ウズ・ルジアダス』の第十歌に、ヴァスコ・ダ・ガマが洋上の愛の島で、テテュスにみちびかれて深山へおもむき、そこで世界を映し出す一個の球体を見せられる場面がある。球体のなかには、はるかに東洋の島々も見える。

見よ、かなた日出づる東洋の海に
まき散らされた数えきれぬ島々を。
見よ、ティドール島とテルナテ島を。
頂きから焰がめらめらと天に沖している。
おんみは見よう、舌灼く丁字の樹を、
ポルトガル人が血で贖うものだ。
そこには黄金鳥がいて、地上に
降りず、死んで初めてすがたを見せる。

ティドール島もテルナテ島もモルッカ諸島の一つで、とくにテルナテ島には火山がある。香料諸島という呼び名があったほど、古代からモルッカと香料との関係はきわめて密接であり、なかんずく丁字と肉豆蔲《にくずく》は名高い。ヨーロッパからは、最初にポルトガル人がやってきて、次にオランダ人がやってきた。あのオランダの博物学者リュンフやファレンテインも、このあたりで極楽鳥を追いまわしていたのだった。カモンイスは黄金鳥と称しているが、少なくとも私には、こういう呼びかたは耳慣れない。

桃鳩図《とうきゅうず》について

　つい半月ばかり前の某月某日、久しぶりに上野の国立博物館へ足を向けてみようという気になったのは、たまたまそこで開催されている或る展覧会に、徽宗《きそう》皇帝の「桃鳩図」が出品されているのを知ったからであった。私はまだ、恥ずかしながら本物を見たことがなかったのである。

　複製ならば、もちろん何度となく見ている。たしか東京開成館発行の旧制中学校の東洋史の教科書に、この「桃鳩図」の出ているのを見たのが最初ではなかったかと思う。あるいは私の記憶ちがいであるかもしれない。もしかしたら、それは「桃鳩図」ではなくて、同じ作者の「白梅寒雀図」であったかもしれない。しかし、むくむくとふくらんだ一羽の小鳥が、きっちり横を向いた紋章学的なポーズで、まるで永遠のなかに凝固してしまったかのように、じっと動かず、花の咲いた樹の枝にとまっているという点では、この二つ、どちらも変りはなかったのである。まあ、いまとなってはどちらでもかまわないが、その絵が少年の私にあたえた印象は確実であった。その時はそれほどにも思わなかったが、四十年近くたったいま、東京大空襲で焼けてしまったその教科書の挿絵を、しきりに思い出す昨今だからである。

いったいに私は動物の絵を好むが、なかでも徽宗の花鳥画には、とりわけて私の気質にぴったりくるものを感じないわけにはいかない。それはいまも述べたように、画家が無限の空間を切りとって、そこに一つの永遠の小鳥を嵌めこんでいるからなのである。徽宗の「桃鳩図」には時間がない。いや、かりに時間があったとしても、その時間は、過去も未来も現在のうちに入れ子になって畳みこまれているような、永遠の現在としての時間でしかないのである。そういう時間を呼吸しつつ、この鳩は桃の樹の枝にとまったまま、凝然として動かないのである。なんならプラトン的な鳩といってもよいであろう。

もしかしたら、この鳩がむくむくとふくらんでいるのは、たえず永遠の現在を呼吸しているからではなかろうか、と私は思う。じっと静止したポーズをくずさないにもかかわらず、決して硬く冷たく固定された感じをあたえないのは、この鳩の内部に、弾力性のある、畳みこまれた永遠が息づいているためではなかろうか、と私は思う。フランシス・ポンジュの詩のなかの言葉を借りれば、この鳩はまさしく「羽毛の袋」

であって、そのなかにシンボル価値をぎっしり内包しているのだ。

もっと目を近づけて眺めてみよう。すると、私はこの鳩の眼の部分に否応なく惹きつけられる。なんといったらよいか、それは弓の的のような同心円の眼で、いちばん内側の中心が黒、それから周辺へ向って黄色、茶色、白となり、このいちばん外側の白い部分は、いわゆる紋所の菊輪のように、小さな円をつなげた輪のかたちになっているのである。或る種の鳩には、眼のまわりに発達した肉質の乳輪を備えたものがあるので、おそらく画家は、観察に基づいて対象をあるがままに描いたのではないかと想像される。それにしても、この同心円の眼のすばらしさはどうだろう。私は、こんな眼をした鳥の絵を見たことがないのである。

菊木嘉保の『万宝全書』巻四には、徽宗皇帝の画業に関して、「古人の軌轍を踏襲せず、意を花鳥にとどむ、睛《ひとみ》を点ずるに、おほく黒漆を用ふ、隠然豆ばかり高く絹素に出づ、ほとんど活動せんと欲す」とある。ちなみに、この隠然豆は、私にはどうしても隠元豆のことではないかと思われるのだが、どうだろうか。「高く絹素に出づ」とは、豆のように高く絹地の上に盛りあがっている、という意味であろう。もっとも、「桃鳩図」の鳩の眼は、複製で見るかぎり、べつに隠元豆のように盛りあがって見えるわけではないけれども。

わざわざ説明するまでもあるまいが、徽宗は大宋帝国第八代の皇帝であり、風流天子という異名が示すように、みずからも詩文や書画にすぐれた才を見せた人物である。その数々の文化的な事業については、ここにはふれない。ただ、一般の歴史家の評価では、徽宗は皇帝としては完全な失格者ということになっており、政治をもっぱら蔡京らの寵臣にまかせたきり、自分は豪奢な宮廷生活を楽しむことにしか心を用いず、やがて北宋が滅亡することになる因をつくった、とされているのだ。つまり栄華をきわめたために、国家とわが身の破滅を招いたというわけで、夷狄の軍に捕えられ北満の配所で死んだという、その悲惨な晩年も、いわば自業自得ということにされているらしいのだ。なるほど、それはその通りにちがいなかろう。しかし私は最近、ジョセフ・ニーダムの『中国の科学と文明』をぱらぱら拾い読みしているうち、この精力的な中国文明の博捜家が、徽宗皇帝の評価に関するまったく新しい見解を打ち出しているのを知って、おもしろく思ったものである。

私たちにとっては、いかにも意表をつくアプローチの仕方といわねばならぬが、ニーダムはまず、時計の歴史から出発する。十一世紀から十二世紀にかけて、中国の時計技術は驚くべく発達していたのであって、時計職人たちのあいだにも、二つの対抗的な勢力、旧法党系と新法党系とが存在していた。二つの政党は、記念碑的な時計を設計し建造すべく、互いに火花をちらして競い合っていた。ところで、一一〇一年に徽宗が即位してから以降は、つねに新法党が政治の権力を握ることになったのだが、この皇帝に庇護された新法党というのは、儒教的な旧法党に敵対する道士たちのグループだったのである。宋代の新法党というのは、典型としての儒教思想から訣別し、道教的な科学や技術と手をむすぶことを選択した、革新官僚的な学者の集団だったのである。ニーダムは、科学や技術の領域で果たした道士たちの役割を、終始一貫、きわめて高く評価する。ニーダムにとって、道教は不老長生と現世的利益の追求しか眼中に置かない、古ぼけた迷信にひとしい宗教ではなかったのである。こうなると、道教に心酔し、多くの道士たちを重用したことによって、後世いちじるしく評判を落した徽宗皇帝の立場も、おのずから違ったものに見えてくるだろう。

しかし私がニーダムの所説のなかで、とりわけて心を惹かれるものを感じるのは、彼が徽宗の宮廷の雰囲気を、約五世紀後のプラハのルドルフ二世の宮廷のそれと比較している点なのである。あのヨーロッパ十六世紀のマニエリスムの皇帝と、北宋最後の皇帝とを対比している点なのである。『夢の宇宙誌』以来、ルドルフ二世に興味をもちつづけてきた私としては、これは見のがすことのできない観点といわねばならぬ。

そういえば、あくまで趣味のひとだった徽宗のなによりの熱望が、ありとあらゆる古書や美術工芸品や骨董や銅器のコレクションであったことは、よく知られていよう。ニーダムによると、当時、魔術師のように多くの技芸に通じた王仔昔《おうじせき》という道士が、一種の天球儀を組み立てており、皇帝はそれを特別の楼閣に保存したという。このあたり、いかにもルドルフ二世によく似ているではないか。ルドルフがそのプラハの宮廷に、錬金術師や占星術師や工芸職人をあつめたように、徽宗もまた、科学や技術の専門家としての道士たちを開封府にあつめたのである。その宮中に養うところの道士は二万余人だったというから、おどろくべき数といわねばならぬ。皇帝が禁城の東に、太湖石をもって万歳山艮嶽《こんがく》を造営したり、花石綱と称して、江南の珍花奇石を船で都へ輸送させたりしたというエピソードも、すでにあまりにも有名であろう。太湖石というのは、太湖の底から産する、水で侵食されて空洞だらけになった、奇怪なかたちをした巨岩であるが、これを運河で都へ運ぶために、ときには水門をやぶったり橋をこわしたりしたというから、じつに乱暴な話もあったものだ。こんな巨大な石ではないが、ルドルフ二世も、石をあつめることにかけては目がなかったものである。

徽宗皇帝とルドルフ二世との共通点は、さらに珍奇な禽獣の蒐集や、博物学に対する関心という面で認められるかもしれない。プラハの宮廷の動物園には、マスカリン島産の珍鳥ドードーのほか、新大陸の鸚鵡《おうむ》類、モルッカ諸島の火食鳥、それに生きた鳥ではないが、ニューギニアの極楽鳥の剝製などがあつめられていた。それより五百年前の徽宗の開封の宮廷に、はたして動物園と呼べるようなものがあったかどうかは疑問であろうが、少なくともマルコ・ポーロが、北京の忽必烈《クビライ》の宮廷で見て驚いたという四不像《しふぞう》や、金魚や、孔雀や、鸚鵡のたぐいはあつめられていたにちがいあるまい。

げんに徽宗は「五色鸚鵡図」という傑作を物してもいる。芸なし猿のルドルフ二世は、宮廷画家ローランド・サヴェリに命じてドードーの絵を描かしめるしか能がなかったが、こちらは皇帝みずから絵筆をふるっているのだから、役者の格は一段上だといってもよいであろう。この皇帝、じつに鳥の好きなひとで、桃鳩や白梅寒雀や五色鸚鵡のほかにも、水仙鶉、ざくろ小禽、竹燕などといった。徽宗独特の気品の高い花鳥画をのこしている。

古くから中国では、人語を真似てあやつる鳥として、鸚鵡が珍重され愛玩されてきたということを、ついでながら述べておこう。澤田瑞穂氏の『中国動物譚』によると、宋の周去非の『嶺外代答』巻九に、「占城《チャンパ》には五色の鸚鵡を産す。唐の太宗の時に環王の献ぜしところ是なり。案ずるに、伝へ謂ふ、よく寒を訴ふ、詔ありてこれを還せりと。環王とは即ち占城なり」とあるそうだ。占城あるいは環王は、現在の南ヴェトナム地方にあった国である。南海地方や西南地方との交易は、すでに漢代の昔にさかのぼるから、鸚鵡はずいぶん早くから中国に知られていたらしい。『禽経』の晋の張華の注に、「鸚鵡は隴西《ろうせい》より出づ、よく言《ものい》う鳥なり」とあって、一般に鸚鵡の故郷といえば隴西、すなわち現在の甘粛省あたりときまっていたようでもある。隴西というのは、隴山の西にある地方という意味だ。

ここで私はもう一度、徽宗の「桃鳩図」をつくづく眺める。眺めているうちに、このむくむくした鳩も、その美しい羽根の色といい、同心円の眼といい、そんじょそこらの土鳩や家鳩のものとはとても思えず、必ずや遠い異国から将来された珍種にちがいあるまい、という気がしてくる。断言するわけにはまいらぬが、たぶん、そう思って差支えないのではなかろうか。

＊

「鸚鵡は隴西より出づ」という言葉を私は前に引いておいたが、徽宗の時代にも、隴西からの貢物として、毎年、鸚鵡が宮中に献上される例になっていたようである。皇帝はこれを鳥籠に入れて安妃閣に置き、毎日、親しく詩文のたぐいを教えているうちに、鳥も次第に人語を解して、よく詩文をおぼえるようになったという。鳥にきいてみなければ本当のところは分らないだろうが、おそらく中国語のような孤立語は、日本語などにくらべると、鳥にとってははるかにおぼえやすい言語だったのではあるまいか。

「寂寂孤鶯啼杏園。」

皇帝がこう誦すると、打てばひびくように鳥はつづけるのである。

「寥寥一犬吠桃源。」

まあ、こんなのはおぼえるのにいちばん簡単で、ほとんど鳥のために作られた詩ではないかと思えるほどだが、むろん、もっと複雑な長い文章でも、鳥たちはいつか立派にしゃべることができるようになっていたのだった。皇帝はしごく満悦して、手ずから鳥たちに餌をやるのを常とした。玉の屑と香とを混ぜてつくった、それは鳥の声をますます寥亮たらしめるための独特の餌であった。

時には得意の絵筆をふるって、皇帝は籠のなかの止まり木にとまった彼らのすがたを、紙の上に丹念にデッサンしたりすることもあった。鳥たちはモデルになることを格別いやがりはしなかったが、さりとて喜ぶふうでもなかった。ただ皇帝の画家としての目に射すくめられると、彼らは金しばりになったように動けなくなってしまうのである。

或る日、この鸚鵡のなかの白い一羽が、皇帝に告げていった。

「どうも近ごろ、からだがめっきり弱ってきたような気がします。たびたび陛下のモデルになって、いのちを紙の上に吸いとられてしまったせいでもありましょうか。それに、こうして籠のなかで暮らしておりますと、ひどく故郷の森が恋しくなります。もし放してくださるならば、陛下の御恩は一生忘れませぬ。」

徽宗はあわれに思って、こういった。

「おまえたちを放してやるのはいとも簡単だが、ここから隴州までは数千里もあるぞ。その長い道のりを、どうやって帰ってゆくつもりだね。」

するとオウムのなかの赤い一羽が、引きとっていった。

「なに、そのことでしたら御心配は無用です。容易に人語をおぼえることからも察せられますように、私どもは生まれつき記憶力にすぐれております。隴州からここまで連れてこられたときの道を、ちゃんと頭のなかに刻みつけておりますから。」

そこで皇帝が籠をあけ、止まり木につながれていた紐をといてやると、赤だの、白だの、緑色だの、黄色だの、あるいは五色のオウムだのは、それぞれ皇帝に低頭して別れの挨拶をしてから、西のほうをめざして飛び立っていった。

それが宣和《せんな》の末年で、次に記すのは、それから十数年たっての話である。

郭浩というものが、或る官職に任ぜられて、たまたま隴山のふもとを通りがかると、頭上から彼を呼ぶ声がする。驚いて仰ぎ見ると、樹の枝にオウムがずらりとならんでいる。そのうちの一羽が、こう声をかけた。

「おぬしはどこから来られた。」

この山中で、たくみに人語をあやつるオウムに出会うとは、さても奇特なことだと思いつつ、郭浩は答えた。

「臨安からじゃ。」

「おお、それでは徽宗皇帝は御無事か。」

「なにをいっておる。あのお方はもはや皇帝ではない。上皇じゃ。しかも上皇はすでに先般おかくれになったぞ。朔風吹きすさぶ北満の五国城でな。臨安におられるのは、新たに皇帝になられた息子さまじゃ。」

するとは鸚鵡たちは、身も世もあらぬさまで、樹の枝をゆすぶりながら、にわかに悲歎の涙にくれ出した。その泣き声は、ほとんど親を亡くした人間のそれを思わせた。

この鸚鵡たちの心情にいたく感じ入って、郭浩はさっそく一篇の詩を賦した。それは次のごときものである。

隴口の山は深くして草樹荒る、
行人ここに到れば肝腸を断つ。
耳辺に鸚鵡を聴くに忍びず、
なお枝頭に在りて上皇を説く。

ややあって、気がついてみると、鳥たちは一羽ものこらず枝から地面に落ち、郭浩の目の前で、みるみる液体と化したかのように、地面に吸いこまれていった。

この鳥たちのふしぎな集団自殺は、一種の隔世遺伝となって、インド北部のアッサム地方に現在でも行われているそうだ。一九〇五年に動物学者によって初めて確認されて以来、ほぼ毎年、同地方で何百羽という鸚鵡や鸚哥《いんこ》が集団で死んでいるのである。

一九八〇年、専門家が三週間にわたって現地で調査したが、夜になると鳥たちが次々に急降下して野外灯に突っ込み、電球の笠に激突して、大半が死んでしまうのが観察されたという。また死にきれずに地上に落ちた一部の鳥たちも、ふたたび飛びあがろうとはせず、餌をあたえても食べないで餓死の道をえらぶという。調査に参加した専門家も、どうしてこれらの鳥たちが死に急ぐのかさっぱり分らず、首をかしげているという。いずくんぞ知らん、鳥たちはおのれのすがたを永遠のなかに嵌めこんでくれた、八百年前の偉大な画家の死を記念して、みずからも永遠のなかに生きかえるべく死をえらんでいるのである。

＊

徽宗皇帝が多くの道士を身辺に近づけることによって、後世の悪評を招いたということは前にも述べたが、その道士たちのなかでも、いちばん有力な人物が林霊素であった。彼は五雷法という鬼神を使って、雨を降らせたり奇蹟を生ぜしめたりすることに長じていたという。また文献学にくわしく、しばしば道経の講義をした。その講義には、皇帝も同席したという。

林霊素。字《あざな》は通叟。永嘉のひと。永嘉というのは、現在の浙江省永嘉県である。謎の多い人物で、その伝ははっきりしない。若いころ、蘇東坡と一緒に読書したことがあったが、蘇東坡が二日かかってやっと読んだ書を、一度で暗誦してしまったなどというエピソードもある。

この林霊素が徽宗に初めて会ったのは大観二年（一一〇八年）だったともいい、また政和五年（一一一五年）だったともいう。まあ、そんなことはどうでもよろしいが、そのときのエピソードは、ここに書いておくに値するように思う。

崇寧五年（一一〇六年）八月十五夜のこと。徽宗はふしぎな夢をみたのである。玉帝からのお召しがあって、彼は天界の最高所にある神霄府へあそびに行った。まるでエレベーターに乗ったように、空中を高く高く垂直にのぼってゆくと、頭上はるかに天門が見え出した。天門のほとりに、星の冠をかぶって法服をつけた仙吏が立っている。その仙吏に手をひかれて天門をくぐり、しばらく行くと小さな宮殿の前へ出た。宮殿のなかから、今度は朱衣をきた仙吏が出てきて、皇帝の手をひいて迎え入れた。仙吏が笑っていった。

「おぼえておいでですか。この宮殿は、皇帝が仙界にいられたときの御旧居でございますよ。」

そういわれても、夢であるせいか、それほど奇妙な気分にはならなかった。それどころか、いわれてみると、その宮殿がなんとなく自分の記憶の底に残っているような気さえした。それから徽宗は玉帝に謁見した。

さて、謁見がすむと、皇帝はふたたび宮殿を出、天門をくぐって、天界を下へ向って降りはじめた。高層ビルのエレベーターみたいに、どんどん下へ降りてゆくのである。その途中で、ひとりの道士とすれちがった。道士は青衣をまとい、青頭巾をかぶり、青牛の背にまたがって、いましも下界から天上へ赴くところであるらしかった。すれちがうとき、青ずくめの道士は皇帝に向って、

「万歳。万歳。万歳。」

万歳を三唱すると、ゆらゆら青牛の背にゆられながら、まっすぐ天界へのぼって行った。——夢はそれだけである。皇帝はそこで目がさめた。

それから三年目の大観二年、皇帝は天下に号令して、ひろく国中から隠逸の士を求めた。推薦するひとがあって、林霊素も宮中へ参趨した。道士の顔を見るなり、皇帝はこんな質問を発した。

「貴公は、どんな方術を得意とするか。」

「五雷法と申しまして、私の方術は無辺際でございます。上は天上界のこと、中は人間界のこと、下は地下界のこと。まず大抵は承知しているつもりです。そういえば、去んぬる中秋明月の夜、陛下には玉帝へ御謁見なされたことがありましたろう。その御帰還の途中、私は陛下に偶然にお目にかかりました。」

皇帝、はたと手を拍って、

「それでは、あのとき青牛にのっていた道士が貴公であったか。おぼえているとも。貴公は万歳を三唱したな。」

「御意でございます。」

これが伝説によれば、林霊素と皇帝との最初の出会いだというのである。こういう神秘的な夢と現実との暗合は、道士や神仙に関する伝説のなかには、しょっちゅう出てくるので、めずらしくもないであろう。林霊素についてだけでも、同じような話がたくさん語られている。

徽宗の宰相として、また新法党の領袖として、存分にマキャヴェリズムを発揮していた蔡京には、最初から道士たちをうまく利用しているような傾きがなくもなかった。彼が道士たちに好意ある態度を示すのも、つまりは自分の政治的野心のためなので、林霊素のように、自分よりあとから来て、皇帝の並はずれた寵愛に浴している道士に対しては、苦々しい思いを禁じえないのである。蔡京はひそかに、林霊素を失脚させてやろうと機をうかがっていた。

たまたま林霊素が神霄宮の一室に閉じこもって、一時、ふっつりと世間にすがたを見せなくなってしまったことがあった。皇帝が駕してきても、扉をぴったり閉ざしたまま、自分から迎えに出ようともしないのである。蔡京は、その理由を発見したと思った。

「恐れながら申しあげます。林先生の行動に、由々しき不敬の筋のあることが判明いたしました。彼は自分の部屋に、黄羅の帳をめぐらしております。黄金の龍の彫りもののある牀《しょう》を置いております。椅子もテーブルも赤いのです。陛下の調度をまねていることは、あまりにも明らかでございます。されば陛下の御来駕のみぎりにも、かたく扉を閉ざして、室内を見せまいとしているものと思われます。」

皇帝は実地検分のために、蔡京を伴って神霄宮へ出かけた。そして不意を襲って、扉を押して室内へ踏みこんだ。

室内は白い壁に取りかこまれて、ただ椅子とテーブルが置かれているだけだった。そのほかには、なんの家具もない。

確かめておいたのだから間違いのあろうはずはない。蔡京は狐につままれたような気持だった。皇帝の手前、どうにも引っこみがつかなくて、ただ冷汗を流しているしかなかった。やがて彼はこそこそと出て行った。

すると林霊素が笑いながら、

「陛下、あれをごらんください。」

指されたほうを見ると、壁に小さな画幅が掛かっていた。かつて徽宗自身がたわむれに描いて、道士にあたえたところの絵であった。その絵のなかの金殿玉楼中に、黄羅の帳も、龍の彫りもののある牀も、赤い椅子やテーブルも、そっくりこまごまと描いてあったのである。

「蔡京さんが見誤ったのも無理はない。実際、私はときどき、あの絵のなかの金殿玉楼に住むのですからな。あそこは居心地がよろしいようです。」

皇帝の耳に、その声は画幅のなかから出てくるようにも思いなされた。

ふと気がつくと、目の前に道士のすがたは見えなくなっていて、壁の絵のなかに、なにか虫のような小さなものの動いているのが見てとれた。じっと目を凝らすと、皇帝は頭がくらくらとした。

そして次の瞬間、皇帝は自分自身も、同じ金殿玉楼のなかにいて、にこやかに笑う道士と対坐していることに卒然と気がついたのである。

＊

私が上野の国立博物館へ行った日は、あいにく朝から雨であった。

この博物館の古めかしい建物を見るたびに、私がきまって思い出すのは、昭和十五年、まだ戦争中で帝室博物館と呼ばれていたころ、ここで行われた紀元二千六百年記念の正倉院御物特別展である。このとき初めて、正倉院御物が千二百年の禁をやぶって一般に公開されたのである。

私は小学校から団体で見にいったのをおぼえているが、ともかくひどい混雑で、なにがなんだかわけが分らず、さっぱり見たという気がしなかった。また子供だから、とくに見たいという気もしなかったのだろう。だから戦後になって、奈良の博物館でゆっくり見たとき、私は初めて正倉院御物を見たという実感を味わったものである。あんな展覧会は、小学校の子供なんぞに見せるべきものではあるまい。ついでにいえば、御物といわずに、宝物というようになったのも戦後のことではないだろうか。

こんな話をするつもりではなかった。私は念願の「桃鳩図」の本物を、わが目で確かめるために上野へ行ったのだから。

しかるに、その「桃鳩図」がどうしても見つからないのである。私は二階の展覧会場を、一室ごとに有無を確かめながら、とうとうぐるりと一巡して出口まで来てしまった。それから今度は逆コースで、ふたたび一室ごとに丹念に見てまわった。それでも見つからない。

階段のところに売店があって、女学生のアルバイトみたいな女の子が、目録や絵葉書を卓の上にならべて売っている。訊いてもどうせ無駄だろうとは思ったが、私は念のために、目録に出ている「桃鳩図」を彼女に見せて、

「いくら探しても、こいつが出ていないんだがね。どうしたんだろう。」

すると女の子はすました顔で、

「あ、モモバトですね。モモバトは、初日から三日間だけ展示されて、すぐ引っこめ

られちゃったんですよ。あれは個人の所蔵ですから。ちゃんと目録に書いてあるはずですよ。目録に出ている作品でも、たびたび陳列替えを行うため、会場に展示されていないことがあるって。」

モモバトか。モモバトねえ。こいつはいいや。私は腹を立てるよりも、あるいは落胆するよりも、なんだか笑い出したいような愉快な気分になって、そそくさと展覧会場を出たものであった。

朝からの雨がひどい降りになっていて、博物館の前で車をつかまえるのに私は苦労した。しかしまあ、そんなことは本題とは関係がない。

海ウサギと海の動物たち

『博物誌』第九巻第二章より引用する。

「海産動物のなかには、地上の獣より大きいものもたくさんいる。その原因は明らかに水の元素がたっぷりしているからだ。空中に浮かんで生きている有翼の生きものとは、おのずから条件がちがう。ゆったりと遍満して食物も豊富に供与する海の中では、自然は神から生殖の原理を受けて、たえず生きものを産み出しているのだ。海には怪物もたくさん見つかる。風や波にころがされて、精液や胚子がさまざまに混り合ったり凝集したりするからだ。一般に信じられているように、海以外のどこにも存在しない多くの生きものは別として、地上のどこかに生きているものは海中にもまた生きているという説は正しいことが証明されている。生きものばかりか、生命のないものを模倣する動物さえあって、たとえば葡萄《ぶどう》の実とか、両刃の剣とか、鋸《のこぎり》とかにそっくりな動物もあれば、色といい匂いといいキュウリにそっくりな動物もある。そうとすれば、小さなカタツムリのからだに馬の頭のついている動物がいたからといって驚くにはあたるまい」

この部分は、ジロラモ・カルダーノとかギヨーム・ロンドレとかアンブロワズ・パレとかいったルネサンス期の錚々たる博物学者たちに何度となく引用されて、アナロジーによる自然観の古典的な教本のごときものと見なされるにいたっている。実際、海とは汲めども尽きぬ生命の貯蔵庫であって、海の胎内にはあらゆるものを模造する神秘な力がひそんでおり、したがって、陸に存在するものは必ずその対応物が海にも存在するといった、一種のアナロジー理論が当時の自然哲学者たちを風靡していたのは、いま私たちが考えると不思議な気がするくらいである。いつの時代でも、哲学くらい流行に左右されやすいものはない。おそらくプリニウス自身には世界を統一的に解釈しようなんていう意志はなかったと思われるのに、しばしば彼らに引用されて、アナロジー理論の元祖のごとき地位に祭りあげられてしまったのがプリニウスであった。こういう例も、たぶん思想の歴史をさぐれば数限りなく発見されるにちがいない。

それにしても、プリニウスの文中に出てくる「葡萄の実にそっくりな動物」というのは何だろうか。いろいろな動物学者の説があるようだが、黒っぽい色をして房状になった甲イカの卵ではないかと信じられている。古代人はこれを珊瑚やいそぎんちゃくの仲間と考えていたらしいのだ。「両刃の剣にそっくりな動物」とは何だろうか。剣状の吻をもったメカジキであろう。「鋸にそっくりな」は、ノコギリザメにきまっている。「キュウリにそっくりな」は、細長いナマコの種類と考えてよいであろう。そして最後の「カタツムリのからだに馬の頭のついている動物」というのは、申すまでもなくタツノオトシゴであろう。

十六世紀フランスの博物学者ピエール・ベロンは魚の味方だったから、次のように述べて、世に行われる動物の命名法の不公平を指摘している。すなわち、「地上動物の名前のほうが、海の動物の名前よりも先につけられた。そのために、海の魚の大部分が地上動物の名前をつけられることになってしまった。地上のウサギを知らないひとはいないであろう。いったい、地上のウサギと海のウサギのどこが似ているのか」たしかに海の動物のなかには、ただ単に肉体の一部が似ているという、きわめて安易なアナロジーによって、陸の動物の名前をそのまま頂戴している動物も少なからずいるので、魚の専門家であり『魚の性質と多様性』という本の著者であったピエール・ベロンが、義憤に駆られたのも無理からぬことだった。海の獅子、海の馬、海の牛、海の猪、海の牝豚、海の象などといった怪獣が、コンラッド・ゲスナーやアンブロワズ・パレの本などにはよく出てくるし、海の僧侶、海の司祭などといった正体不明の怪物まで登場する。そういえば日本語でも、イルカは海の豚であり、アザラシは海の豹であり、セイウチは海の象であり、クラゲは海の月であり、ナマコは海の鼠である。ベロンの筆法を借りて、地上のネズミと海のネズミのどこが似ているのか、と文句をつければつけられないこともあるまい。

ベロンの文中に出てくる海のウサギについては『博物誌』第九巻の第四十八章に次のごとくある。

「インドの海にいる海ウサギは有毒で、ちょっと接触しただけでも、ただちに嘔吐と胃の障害を惹きおこす。われわれの海にいるのは醜悪な球形のもので、地上のウサギとは色が似ているだけである。インドのそれは大きさもウサギに近く、ただその毛はウサギより堅い。そして生け捕りにすることはできない」

プリニウスは第三十二巻第一章でも海ウサギにふれていて、そこには次のようにある。

「同じく驚くべきは海ウサギに関する話である。或るひとびとにとっては、それは飲んだり食ったりすれば毒になるが、別のひとびとにとっては、ただ眺めただけでも毒になる。というのは、妊婦がこの動物の雌を見ると、見ただけでたちまち嘔気がして、やがて流産してしまうからだ。この毒に対する予防としては、この動物の雄を塩に漬けて堅くして、腕環につけて持っているとよい。雄は海のなかでも無害で、たとえ接触しても危険はない。この動物を食っても死なないのは、ヒメジという魚だけである。

ただ食えば肉がやわらかくなり、まずくなって、珍重されなくなる。海ウサギの毒にやられた人間は、魚くさくなる。これが中毒に気がつく最初の症状である。また毒にやられた人間は、死ぬまでに海ウサギが生きた日数と同じ日数だけ生きる。リキニウス・マケールが確認したところでは、この毒は一定期間のうちに効力を失うという。インドの海ウサギは生け捕りにすることができない。これに対しては、むしろ人間が毒のような作用をおよぼし、海中で指でふれただけで、これを死なせるにいたる。すべての動物と同じように、海ウサギもインド産のものは他の土地のものより大きい」

第九巻ではインドの海ウサギは有毒だと書いてあったのに、第三十二巻では、人間と接触しただけで死んでしまうというのだから、プリニウス先生、ここでも矛盾したことを平気で書いている。まあ、それはよいとしても、この海ウサギとはそもそもいかなる動物であるか、おそらく読者はプリニウスの記述をいくら読んでも、まるで雲をつかむようで、その正体がさっぱりお分りにならないのではあるまいか。雌は毒性を有するが、雄は逆に解毒剤になるというのだから、まことにもって奇妙な動物というべきである。ここでもアナロジーの法則がはたらいていて、妊婦は雌に対しては反発力《アンチパシー》を感じるが、雄に対しては親和力《シンパシー》を感じるというわけなのであろう。

ずばりといってしまえば、この古くから海ウサギという名で呼ばれてきた海産動物は、リンネ分類法でアプリシア・デピランスと名づけられた。貝殻の退化した軟体動物アメフラシの一種だったのである。よく私たちが海で潮干狩などしていると、触角のある、ぶよぶよした、ナメクジの化けものみたいな、不恰好な動物を水のなかに発見することがある。さわれば紫色の汁を出す。それがアメフラシだと思えばよい。アメフラシの頭には前後にそれぞれ触角が一対あって、そのかたちがウサギの耳のように見えないこともないので、こんな名前がつけられたのであろう。「地上のウサギと海のウサギのどこが似ているのか」とピエール・ベロンは怒っているが、どうやら似ているところは触角と耳であった。プリニウスによれば、インドの海ウサギの毛は、地上のウサギの毛よりも堅いというが、まさか毛のはえた軟体動物がいるはずはなかろう。このあたりの記述は完全に空想的である。

海ウサギの毒の効力についてはプリニウスばかりでなく、ディオスコリデス、ガレノス、ニカンドロス、アエティオス、アイリアノス、プルタルコスなどの古代作家がそれぞれ筆にしているが、どういうわけかアリストテレスだけは何も語っていない。海ウサギの毒を用いた歴史上の毒殺事件としては、フィロストラトスが『テュアナのアポロニオス伝』のなかで語っている、ローマ皇帝ティトゥスがその弟ドミティアヌスに毒殺されたという例をあげておくべきかもしれない。一般にはティトゥスは悪性熱で死んだことになっているが、フィロストラトスによれば海ウサギの毒で殺されたのである。

もう一つ、海ウサギの毒による死といわれている例に、あの十六世紀のフランス王シャルル九世の死がある。前にも『毒薬の手帖』のなかに書いたことがあるが、海ウサギは私の大好きな毒物なので、ここにもう一度書いておきたい。いわゆる聖バルテルミーの大虐殺の日以来、シャルル九世が夜ごと悪夢に悩まされるノイローゼにおちいり、やがて母カトリーヌ・ド・メディシスの手に抱かれたまま、二十四歳を一期として死んだのは一五七四年のことだったが、一説によると、彼は母の手で毒殺されたのだという。回想録作者ブラントームなどもその意見で、彼によれば、シャルル九世は「人間を長いこと憔悴させ、やがて蠟燭の火の消えるように絶命させてしまう海ウサギの角の粉末」を、母の手から飲まされたのだそうだ。

あの海中のアメフラシにそれほどの毒性があるとも思えないが、ともかくそう書いてある。アメフラシにはたしかに触角があるから、ブラントームの記述にある「海ウサギの角の粉末」という表現も、ここでは生きている。

雌の海ウサギに毒性があり、雄は逆に解毒剤になるとプリニウスはいうが、海ウサギの毒を防ぐ薬物には他にも種類が多くあったようで、プリニウスは『博物誌』の随所にそれらの名前をあげている。たとえば植物では、あおい、ざくろ、西洋杉、おおばこ、シクラメンなどが有効らしい。動物性のものとしては、人間の乳、牛乳、牝驢馬の乳、牝馬の乳、鵞鳥の血、蛙、ザリガニ、タツノオトシゴなどがよく効くという。

「河に棲む蛙の肉を食うか、それともこれをブイヨンにして飲めば、海ウサギの毒に対して有効である」などと第三十二巻第五章に書いてある。それ相当に理由があるのだろうが、今日の私たちの目から見ると、なんだか面妖で、でたらめのように見えないこともない。

海ウサギの話題はこれくらいにして、次に最初の引用のつづき、すなわち第九巻第三章を読んでみよう。

「そこに棲む動物の数がもっとも多く、また体形がもっとも大きいのは、インドの海である。とりわけ鯨は四アルパン（一アルパンは約一エーカーに相当）、ノコギリザメは二百腕尺におよぶ。イセエビが四腕尺に達し、ガンジス河のウナギが三十歩尺に達するというのも事実である。だが、とくに海の怪獣の見られるのは至《し》の季節だ。そのころになると、この海域には、山の峰から吹きおろす旋風や突風や驟雨が荒れくるい、激浪で海をゆさぶって、海の底にひそんでいる怪獣どもを追い立てるからだ。波に揉まれて海面に出てきた怪獣どもの数があまりに多かったので、アレクサンドロス大王の艦隊は、あたかも敵の艦隊にぶつかったように、これらの怪獣どもの集団に対して戦闘隊形を組まねばならなかったほどであった。つまり散開隊形では、とても敵中を突破することは無理だったのである。わめいても騒いでも、物を投げつけても、一向に彼らは尻ごみしなかった。大音響とともに集中砲火を浴びせてやらなければ、彼らを敗走させることはできなかった。紅海にカダラと呼ばれる巨大な半島があるが、突き出た陸地がひろい湾を形づくり、プトレマイオス王の艦隊は櫓をこいでここを通過するのに、十二日十二晩を要したそうである。そよとの風も吹いていなかったからだ。この平穏な海域に、しばしば身動きもできないほど巨大な体軀に達した動物が見られる。アレクサンドロス大王の提督たちが語るところを信ずれば、アラビス河の近くに住むゲドロシア人たちは、海獣の顎を利用して彼らの家の門をつくり、骨を利用して彼らの家の屋根をつくる。四十腕尺もの長さの骨がたくさん見つかるそうである。家畜のように陸に這いあがってきて、灌木の根を食ってしまうとふたたび海へもどる獣もいるそうだ。馬の頭、驢馬の頭、雄牛の頭をしている獣もあり、畑の作物をむさぼり食ってしまう獣もあるという」

アレクサンドロス大王が鉄の箍《たが》のはまったガラスの樽にはいって、たったひとりでペルシア湾の海底ふかくに下降し、巨大な海獣の群れ泳いでいる海底風景をつぶさに眺めて楽しんだというエピソードは有名であるが、このインドの海における怪獣の集団との遭遇のエピソードも、前者に劣らずおもしろい。海獣の骨で家をつくるゲドロシア人のエピソードなんかも、はたして本当だろうかと首をかしげたくなるが、ストラボンも同じことを報告しているそうだから、まんざら根も葉もない話ではなさそうである。ちなみにゲドロシアというのはアラビア海に面したイランの高原で、今日のバルチスタン地方にあたると思えばよいであろう。

もう一つのエピソード、陸に這いあがってきて植物を食うという海獣のエピソードは、インド洋からマライ半島にかけての温暖な海に棲む、体長三メートルを越えるという草食性の哺乳動物、すなわち海牛や儒艮《じゅごん》の習性を思い出させるであろう。しかしプリニウスの記述にあらわれる空想動物の一つ一つに、あまり糞まじめに現実の動物のモデルをあてはめるのは、私にはどうも警戒すべきことのように思われてならない。

原初の魚

魚は動物のなかでも特別の存在であり、いわば原初の存在である。人間には棲めない水のなかに棲んでいるからだ。もちろん、空中を飛びまわる鳥だって、地上の人間とは違った存在である。しかし水と空では、意味するところがまったく異なる。天使が翼をもっているのを見ても分るように、空は、人間の上昇志向あるいは未来志向と結びついている。これに反して、水は、人間の根源志向あるいは原記憶と結びついているのだ。

生物が発生したのは海からだった。人間の胎児も、羊水のなかに浸っている。個体発生は系統発生を再演する。すべての女は子供を生むとき、天地創造を再演しているわけだ。これを比喩的に言えば、「初めに魚あり」ということになる。これに反して、鳥人と言えば、私たちはSF的な未来人を連想するだろう。私たちの集合的無意識のなかにも、生命の起源が水にあるという観念は、深く刻みこまれているらしいのだ。空は私たちの未来の住み処である。

たとえばターレスのような古代の哲学者も、生命は水から生じたと主張している。またミレトスのアナクシマンドロスによれば、最初、魚のような生きものが水から出てきて、その生きものの内部で、胎児の形をした人間が成長する。やがて完全に成長すると、その魚のような生きものの身体が破裂して、そこから人間が世界に飛び出すのである。

原初の魚のテーマは、最古の神話のなかにも発見される。たとえばインドの『シャタパタ・ブラーフマナ』には、ノアの洪水の神話とよく似た、人類の始祖マヌと魚に関する興味深い物語がある。

あるとき、マヌが身体を洗っていると、一匹の小さな魚が彼の手のなかに入ってきた。魚はマヌに向って、「私を育ててくれたら、近く起る大洪水からお前を救ってやろう」と言った。そこでマヌは魚を水甕《みずがめ》に放した。ところが翌日、魚は大きく成長していたので、今度は湖に放した。やがて湖も、ぐんぐん成長する魚には狭くなってしまったので、今度は海に放すと、そこで魚の成長はとまった。そのうち大洪水が起ると、マヌは魚の忠告通り、大きな船を用意して、これに乗りこんだ。すると金の鱗に覆われた魚が泳いできたので、マヌは魚の角に船の綱を結びつけ、魚に船を引っぱってもらって、安全な山の上に逃げのびることができたのである。

この魚は、のちにヴィシュヌ神の化身と見なされるようになった。このように、魚が神聖な生きもの、神と見なされる場合も、古代においてはしばしばであった。

すでに先史時代のマドレーヌ期の美術に、魚の形はよく現われている。それは大きな骨や、鹿の角や、木や石の上に彫られたもので、最初、学者はこれを、エスキモー人が今日も使っているような、釣りの擬餌として使うものと考えた。しかし骨や木ならばそれでもよいが、石の場合は説明がつかない。現在では、考古学者のヘンツェが解釈したように、彫られた魚は男根象徴とされている。男根は魚と結合して、多産と妊娠をより強く象徴することになったのだ。そう言えば、ウナギやタラの産卵数は数百万というから、たしかに多産のシンボルとして、これ以上ふさわしいものはあるまい。

魚の形をした偶像の崇拝も、エジプト、リビア、バビロニア、メディア、ペルシアからインドにいたるまで、広く行われていた。たとえば聖書に出てくる、ペリシテ人の礼拝していたダゴンという神は、上半身が人間で下半身が魚なのである。シリアのデルケトも、魚の尾をした女神である。バビロニア人が崇拝していたのも、やはり半人半魚のオアンネスという神だった。

オアンネスについて最初に語った著述家は、紀元前三世紀に『バビロニア誌』三巻を書いた神官ベロッソスである。半人半魚と言っても、このオアンネスは、カラク神殿の門の一つに残っているその浮彫りを見ると、何だか人間が巨大な魚の皮を剝いで、頭から引っかぶっているような感じである。魚の尾が腰のあたりにあって、その下に人間の足がにょっきり出ているのだ。ベロッソスの記述によると、オアンネスは昼間、海から出てきて人間のあいだで暮らし、夜になると、ふたたび海中にもぐってしまう。地上にいるあいだは何も食べず、人間に科学や農業や数学を教える。そのため、バビロニアの文明は大いに進歩したのだという。

オアンネスは、古代における最も不思議な偶像神の一つであろう。資料が極端に少ないので、その真の姿は謎に包まれたままであるが、少なくともバビロニア人がこの神によって、あらゆる生命の起源が海にあるということを表現していたのは間違いないところであろう。もしかしたら魚の下半身は、人間の昼間の知識では測りがたいものの、潜在意識のシンボルだったのかもしれない。

フローベールは『聖アントワヌの誘惑』のなかで、このオアンネスに次のように叫ばせている。すなわち、「渾沌《カオス》の最初の意識であるおれは、物質を固くし、形体を定めんがために、深淵から浮かび上ってきたのだ」と。

白川静氏の『中国の神話』によると、黄河を治めた夏王朝の始祖とされる禹も、じつはオアンネスのような魚形の神だったらしい。『山海経』には「人面にして魚身、足なし」とある。夏王朝系の遺跡とされる西安東郊の半坡《はんぱ》村からは、人面魚身文の彩色陶器も見つかっているという。こうして、古くから「神話なき国」とされた古代中国にも、早くから洪水説話形式の創世神話のあったことが知れるのだ。

ガストン・バシュラールが提唱した「ヨナ・コンプレックス」というのも、この原初の魚の観念と関係づけることができるのではないかと思われる。つまり、水のなかに棲んでいるという魚の存在の特異性だ。申すまでもなく、ヨナは航海中、暴風のため海に投げ出され、大魚に呑まれて、その腹中に三日三晩いたという聖書のなかの人物である。

「ヨナ・コンプレックス」について、ジルベール・デュランは次のように書いている。「魚はここでは容れものの一般的シンボルである。魚もまた、そもそもの初めから、自分を取り巻く水に呑まれている存在ではないか。魚のシンボリズムは、呑むということの内旋的、内心的な性格に特徴を置いているように思われる。ちょうど蛇が円環のシンボリズムにぴったり適合するように」と。

魚とは、みずから呑みこまれつつ、自分でも呑む存在なのである。名高いブリューゲルの絵に、大きな魚が順次に小さな魚を呑みこんでいるところを描いたものがあるが、これこそまさに、魚のシンボリズムを絵に描いたようなものと言うことができよう。

だから魚は貪食性なのだ。古代エジプトのオシリスとイシスの神話で、死んだオシリスの十四の断片に切り刻まれた残骸のうちで、男根だけは、ナイルの魚オクシリンコス（鮭の一種）にむさぼり食われてしまった。魚はそれ自体、男根象徴であるが、ここではまた、男根を食うものでもあるわけだ。

エジプトの末期時代には、魚の名前のついた郡があり、その郡では、魚が神聖なものとして崇拝され、魚を食うことは王や僧侶にも厳禁された。偽ルキアノスの語るところによれば、紀元前二百年ごろ、シリアのヒエラポリスの神殿では、まばゆい金銀宝石で覆われたアタルガティス・デルケト神像が礼拝されていて、その神殿に隣接した養魚池には、多くの魚が飼われていたという。僧侶が呼ぶと、魚たちは池の水面に出てくるが、その魚たちの鰓や鰭や唇には宝石が嵌めこんであって、きらきら光りながら泳ぎまわったという。

キリスト教でも、魚はいろいろな象徴として利用されている。よく知られているように、カタコンベでひそかに礼拝していた当時の初期キリスト教徒は、魚をキリストの象徴としていた。その由来は、ギリシア語の Iesous Kristos Theou Uios Soter（イエス・キリスト、神の子、救主）の五つの頭文字を合わせると、Iktus（魚を意味する）になるからである。

また魚は、新しく洗礼を受けたひとの象徴にもなった。この象徴の起源は純粋にキリスト教的なものか、それともバビロニアあるいはインドの神話に由来するものか、必ずしも決定しがたい。いずれにせよ私たちは、これが先ほど説明したような、「ヨナ・コンプレックス」のヴァリエーションの一つであることを容易に理解するだろう。洗礼は、原初の水に包まれて、みずから魚になることにほかならないのだから。

「初めに魚あり」という言葉を、もう一度、よく嚙みしめていただきたい。

魚の真似をする人類

アポロ十一号の月面着陸が六〇年代最後の象徴的な事件だったとすれば、七〇年代最後の象徴的な事件というべきは、昨年のイギリスにおける試験管ベビーの誕生だったかもしれない。

要するに、二つの事件とも、パターンはまったく同じなのであって、一方が月（昔から女性の象徴とされている）をめざして、宇宙空間を突進するロケットのイメージとして捉えられるとすれば、もう一方は卵子をめざして、ガラス管のなかを突進する精子のイメージとして捉えられるのである。

マクロとミクロの違いはあるにせよ、それが母なるものを求める人類の夢の実現であるという意味では、二つとも、きわめてよく似たパターンを示しているのだ。もっとも、その夢がいつまでも薔薇色であるかどうかについては、私には何とも断言いたしかねる。

私は今から十年ほど前、世間が万国博のお祭騒ぎに浮かれていたころ、これに水をさしてやるつもりで、テクノロジーの革命はまだまだ序の口だと毒づいたことがある。そのとき私の頭にあったのは、臓器移植や組織培養や遺伝子工学をふくめた、いわゆる生物学革命ということだった。実際、生物学革命は緒についたばかりであり、これが将来、どんな方向へヒューマニティーをねじ曲げることになるか、知れたものではないと思ったのである。

まあ、体外受精の試験管ベビーなんぞは、いま述べた本格的な生物学革命にくらべれば、それほどヒューマニティーをおびやかす悪魔的なものではないだろうから、私たちは現在のところ、まだ安心していてよいかもしれない。しかし、それがついに七〇年代に成功したということは、私には象徴的な事件のように思われたのである。

私個人に即していえば、一九七〇年という年は、まず何よりも三島由紀夫が腹を切った年である。一九四五年の終戦とともに、私の生涯の里程標を、この年に置かなければならないと思っているくらいである。もっとも、この事件は七〇年代の開幕というよりも、むしろ六〇年代の終末を象徴しているように見える。三島の死とともに、何かが終ったという気が私にはする。それが何であるか、うまくいえないのが残念ではあるけれども。

グアム島から横井元伍長が帰ってきたのが七二年であり、ルバング島から小野田元少尉が帰ってきたのが七四年であった。タイムマシンという言葉もすでに一般化しているが、七〇年代の繁栄の日本へ、三十年前の悪夢のような戦争の記憶とともに帰ってきた彼らは、まさしくタイムマシンに乗って現われた過去の亡霊のようであった。この事件も私には、何か象徴的な事件のように見えたものである。

歴史というものは、何度となく同じパターンを繰り返したり、あるいは一つのサイクルをぐるりと廻って、ふたたび過去の夢を追ったりするもののように、私には思われてならない。体外受精なんぞは、考えようによっては、人間が哺乳類の段階から退行して、魚の真似をしているようなものであろう。魚にできることが、人間にできないはずはないのである。

ただし、魚にはどうしてもできないことは、性欲と生殖とを切り離すということだった。すでに戦後日本の社会は、性欲と生殖とを切り離すことによって、事実上、性のモラルを大きく変えているのだが、この方向をさらに決定的なものにしてしまう可能性のあるのが、体外受精だということは自明であろう。そういう意味でも、試験管ベビーの誕生は、何やら無気味な人類の未来を予告するのである。

頭足類

『博物誌』第九巻第四十四章より引用する。

「私がこれから語ろうとするのは血のない魚である。それらには三つの種類がある。まず第一は軟体類と呼ばれているもの、次は薄い皮で保護されているもの、そして最後は硬い殻でおおわれているものである。軟体類にはヤリイカ、コウイカ、タコ、それに彼らの仲間すべてがある。彼らは足と腹のあいだに頭をもっていて、いずれも足は八本である。コウイカとヤリイカには特別に長いざらざらした二本の足があり、これを用いて食物を口へはこんだり、荒海に錨《いかり》で碇泊するようにじっと踏みとどまったりする。その他の足は餌をとらえるための腕の役割をはたす」

ここでプリニウスが軟体類と呼んでいるのは軟体動物頭足類、薄い皮で保護されている種類というのは節足動物甲殻類、硬い殻でおおわれている種類というのは貝類であって、この三つの分類は例によってアリストテレスに依拠している。海に棲んでいる動物はすべて魚であったらしく、三つとも、血のない魚の一種と見なされているのはおもしろい。つづいて第四十五章を引用する。

「ヤリイカはホタテガイに似て、水から跳び出して矢のように飛行する。コウイカの種類では、雄のほうが多彩で色が濃く、しかも大胆である。雌が銛《もり》で突かれると雄は助けにくるが、雄が突かれても雌はさっさと逃げてしまう。雄も雌も、捕えられたと気がつくと黒い液体を吐き出すが、これは彼らが血のかわりに体内にもっているもので、これで水をにごらせて逃走するのである」

水から跳び出して飛行するイカというのは、ちょっと聞いたことがない。プリニウスの文章には、ときどき、こういう謎のようなことが書いてあるので、古来、学者が首をひねって考えたものであった。しかしいくら首をひねっても、トビウオやイルカよりほかに、海上を飛行する水棲動物なんて考えられない。まじめに考えても仕方がないのである。次の第四十六章を引用しよう。

「タコの種類は多い。沿岸性のタコのほうが海洋性のタコよりも大きい。彼らはその全部の腕を足や手のように使う。とがって分岐した尾は交接のときに用いる。タコには背中に一本の管があって、その中に海水を流通せしめ、ときには管の向きを変えて右側に出したり左側に出したりする。からだを横にして、あたまのほうへ向って泳ぐ。

あたまは生きているあいだは硬くて、ふくらましたようである。また、彼らは腕にならんでいる小さな吸盤によって、吸いつくようにぴったり貼りつく。上下さかさまに二匹がくっついたりしているときは、引きはがそうとしても不可能なほどである。彼らは海の底には吸いつかず、成長すれば吸いつく力も弱くなる。タコは水から出て陸地へ這いあがる唯一の軟体類である。ただし、でこぼこした土地でなければだめで、タコはなめらかな土地を好まない」

この一節はまだつづくが、ほとんどアリストテレスを参考にして書いているのが歴然としているので、途中だが引用はこのへんでやめておこう。アリストテレスの桎梏をふりきって、プリニウスがいかにもプリニウスらしく、嘘だか本当だか分らないようなエピソードを悠々と書き出すのは、第四十八章あたりからであろうか。この部分を次に引用しよう。

「タコについての資料を求めるならば、ルキウス・ルクルスがバエティカ（今日のアンダルシア地方）の総督であったころ、その配下であったトレビウス・ニゲルが発表した資料を無視すべきではない。それによれば、タコは貝が大好物なのだが、迂闊に貝に接触すると貝が殻を閉じるので、逆に腕を食いちぎられて、彼らの餌食になってしまうことがある。貝には視覚もなく、ただ食ったり危険を感じたりする本能しかない。そこでタコは貝が口をあけているのを見すますと、殻のあいだに小石をはさむ。

ただし小石が貝の肉にふれて、ぴくぴく動く肉によって外へ排出されないようにする。こうしておいて平然と貝に近づき、貝の肉を外へ引っぱり出すのである。貝は殼を閉じようとするが、くさびを打ちこまれたようになっているので閉じることができない。もっとも愚鈍な動物にさえ、このくらいの知恵はあるのだ」

この部分はロジェ・カイヨワの『蛸』にも紹介されているが、カイヨワは原文をそのまま引用しているわけではないので、あえて私が訳してみた。冒頭に名前の出てくるルキウス・ルクルスはローマ共和政末期の政治家だが、政治家としてよりも大金持の美食家として名をのこしたひとで、キケローやカトーのような文人とつき合っていた。その配下にトレビウスのごときタコの研究家があらわれても、ふしぎではあるまい。第四十八章のつづきを引用しよう。

「さらにトレビウスの主張するところによれば、水中で人間を死にいたらしめるタコより以上に獰猛な動物はいないという。すなわち難破したひとや海にもぐるひとを襲うとき、タコは相手のからだをぐるぐる巻きにして吸盤で吸いつき、いつまでも吸って吸って吸いまくるのである。けれども、そのからだを裏返しにしてしまえば、タコはたちまち力を失う。ひっくりかえって、ぐんにゃりとのびてしまう」

タコと人間の格闘はヴィクトル・ユゴーの『海に働くひとびと』によって名高いが、私がここで思い出すのはピエール・ド・マンディアルグの『イギリス人』だ。この小説の中で、主人公は「袋状になったタコの胴体に両手の親指を突っこみ、これを手袋のようにくるりと裏返しに」してしまう。このタコを屈伏せしめる方法は、漁師のあいだでは古くから知られているそうだ。さらに第四十八章のつづきを引用する。

「同じ作者の報告している別の事実は、もっと信じられないようなことだ。カルティア（今日のスペイン南端ジブラルタルに近い町）の養魚場で、一匹のタコが海から出てきては無蓋の水槽に侵入して、そこに貯蔵してある塩漬けの魚をしばしば盗んでゆくことがあった。この塩漬けの魚の匂いに海の動物はすべて誘惑されるので、その匂いを梁《やな》に塗りつけておく習慣があるほどだ。それはともかく、あまりにもしばしば魚を盗まれるので、養魚場の番人たちは頭にきていた。柵を張りめぐらしても、タコは樹を伝わって柵を乗り越えてしまう。犬の鋭い嗅覚だけが、犯人を現場で取り押えることができた。夜、海へ逃げもどろうとしている犯人を犬どもは取り囲んで、番人に知らせた。駆けつけた番人は目の前の異様なものを見て、肝をつぶした。まず、その大きさが途方もなかった。次に、塩水で汚れた皮膚の色と、その恐るべき悪臭がすさまじかった。犯人がタコであることを、だれが予想していたろうか。こんなところでタコとぶつかるなんて、だれにも信じられないことだった。番人たちは怪物と相対峙しているかのような気分だった。実際、そいつは恐るべき息づかいで犬どもを悩ましつつ、触手の先を鞭のように打ちふったり、大きな腕を棍棒のように振りまわしたりしていたのである。ひとびとは幾本もの銛を打ちこんで、ようやくそいつを仕留めることができた。その頭をルクルスに見せたところ、頭の大きさは十五壺分の樽にひとしかった。トレビウス自身のことばを借りれば、人間の両腕でも抱えきれないほどの触手は棍棒のように節くれだって、三十歩尺もの長さにおよび、そこに盥《たらい》のように大きな吸盤がならんでいたという。歯も、それに応じた大きさだったという。このタコの遺骸はめずらしいものとして保存されたが、重さは七百リブラもあった」

ノルウェーの海にクラーケンという大蛸の伝説があるが、このプリニウスの記述も、ややそれに近いというべきか。頭の大きさ十五壺分というのは、四百リットルに近い量である。触手の長さ三十歩尺というのは、約九メートルである。そして保存された遺骸の重さ七百リブラというのは、約二百三十キロである。かならずしも巨大なタコの発見された例がないわけではないが、少なくともジブラルタル海峡より東の地中海沿岸に、こんなタコが棲んでいて、のこのこ海岸に這いあがってくるはずはないので、これは明らかにプリニウスの、あるいはトレビウスのほら話と考えてよいだろう。しかしこの部分の描写は綿密をきわめていて、迫真的ともいえるのではあるまいか。

同じ頭足類に属するタコの一種として、私の好きなフネダコに関する部分も引用しておきたい。まず第四十七章。

「もっとも驚くべき動物の中に加えてよいのはナウティロス（水夫の意）あるいはポ

ンティロス（海人の意）と呼ばれている動物であろう。そいつは管から水を排出しながら徐々に海面に浮かびあがってくると、海面に仰向けにひっくりかえって、いわば船底のたまり水を捨てたように、水の上にらくらくと浮遊する。それから二本の主要な腕をひろげると、その腕のあいだに巧妙無類に一枚の膜を張って、これを帆にして風をはらんで走る。いっぽう、海面下では、その他の腕をフルに回転させて船をこぎ、中央の尾で舵のように方向を定める。こうして快速船のように沖を突っぱしるが、ちょっとでも危険を感じればたちまち水を吸って、海面下にかくれてしまう」

快速船のように、とプリニウスは書いているが、いかにもローマ海軍の軍人らしい比喩の用いかたである。快速船すなわちリブルナは、もとはリブルニア地方（バルカン半島西部アドリア海沿岸）に住む民族の用いる船で、海賊船と同義だったが、やがてローマ艦隊に採り入れられて重要な役割を演じた。帆とともに両舷二列の櫂で走った小型の船である。プリニウスはスペインやアフリカ北部にも赴任したことがあるから、リブルナには何度も乗ったことがあったのかもしれない。

フネダコに関する記事は第四十九章にも出ているから、それもついでに引用しておこう。

「ムキアヌスの報告によると、彼はプロポンティス海（今日のマルマラ海）で船に似た動物を見たという。それは舟底形をした巻貝で、船尾は円く船首はとがっていた。

コウイカに似たナウプリオスという動物が、この巻貝の中にはいっているが、それはもっぱら両者の気ばらしのためである。その気ばらしは次のごとき二つの方法で行われる。おだやかな天候のときには、貝殻に乗った動物がオールで漕ぐように、腕を下にして海面をたたく。けれども風が出てくると、動物は腕を舵のように水中にのばし、貝殻は風に向ってぱっくり口をひらく。後者は前者を乗せていることに、前者は後者を操縦していることに、それぞれ喜びを見出している。この喜びは、二匹の無感覚な動物にもちゃんと伝達されているのだ。もっとも、それも水夫にとっては不吉な前兆で、この動物があらわれると人間のために良くないことが起ると一般に信じられているのである」

ここではナウプリオスと表記されているが、前に出てきたナウティロスと同じフネダコだと思ってよいだろう。プリニウスは、あたかもヤドカリのごとく、タコと貝殻とが協力して生きているのでもあるかのように考えているらしいが、むろん、それは正しくない。ただ、殻をつくるフネダコは雌だけで、しかも雌は自由に殻を出入りできるというから、殻を別の生きものと誤認する理由はあったというべきだろう。

タコの話のあとにはエビやカニの話がつづくけれども、ここではとくに、これも私の好きなウニに関する部分を引用しよう。第五十一章の後半である。

「同じ種類に属するウニは、足のかわりに棘をもっている。彼らにとって歩くということは、ごろごろところがって行くことである。しばしば棘が磨滅しているウニも見つかる。棘がきわめて長く、殻がきわめて小さいウニはエキノメトラ（ウニの母）と呼ばれている。ウニはかならずしも緑色をしているわけではない。トロネ（エーゲ海北岸カルキディキ半島の町）付近に産するウニは白くて棘も小さい。ウニの卵はすべて苦くて、数は五個である。からだの中央に石があって、口は地面のほうを向いている。ウニは海が荒れるのを予感すると、あらかじめ小石をつかんで待機し、小石の重さによって自分がひっくりかえるのを防ぐという。また彼らはころがることによって棘が磨滅するのを避けようとする。彼らの行動を見て、水夫も自分たちの船を二つの錨で繋留しなければならないことに気がついたのだった」

もうお分りだろうが、前半はアリストテレスに依拠したところが多く、後半になるとプリニウスらしい一種の動物の擬人化とでもいうべき観点が出てくる。記述のパターンに似たところがあることに私たちは気がつくのだ。そして、ときどき、次のような反省癖が出てくるのもプリニウスらしくておもしろい。第五十三章の冒頭である。ここでは作者は物質文明のすすんだ世相を嘆いている。

「どうして私はこんなつまらないものについて述べているのだろうか、風俗の頽廃と奢侈の原因はすべて、あの貝殻から由来しているというのに！　なるほど全自然の中で、海がもっとも人間の口腹の欲望にとって、貴重なものを提供してくれる領域だというのは事実である。魚の料理にしても珍味や美味にしても、それらを捕獲する際の危険によって高く評価されているくらいである。しかしプルプラ貝や貝殻や真珠にくらべれば、それらも物の数ではあるまい。海産物は私たちの腹中におさめられるだけでは十分でなく、女や男の手、耳、頭、そして全身に飾られねばならなかったのだ。海と着物のあいだに、うねる波と羊毛のあいだに、そもそも何の関係があるのか」

説明するまでもあるまいが、プルプラ貝はローマ人が紫色の染料を得るために珍重した貝で、悪鬼貝の一種という。これについて述べていたら一回分ではとても足りないだろう。

海胆《うに》とペンタグラムマ

ご存じのように、海胆には多くの棘《とげ》があって、毬栗《いがぐり》と同じような形をしているが、死ぬと棘がとれて、まんじゅう形の殻だけが残る。腹面には口、背面には肛門がある。棘のあいだに管足がたくさんあって、それを動かして海底を這う。口には大きな五つの歯が集まっており、その形が五角錐で、いくらか中国のランタンに似ているので、動物学者はこれを「アリストテレスの提灯」と呼ぶ。申すまでもなく、ギリシアの大博物学者にちなんだ命名である。

海胆の伝説について述べるにあたって、まず最初に、以上のような基礎的な知識を頭に入れておいていただきたい。

かつて海であった土地から、海胆の化石はいくらでも発掘されるが、古代人にとっては、これが海産の動物だとはとても思えなかったらしい。それは雷と一緒に天から落ちてきた石だと考えられた。そこで雷石《かみなりいし》と呼ばれ、いたるところで護符として珍重された。十七世紀の旅行家として知られるアダム・オレアリウスが報告しているところでは、北ドイツのゴットルプのシュレスヴィヒ・ホルシュタイン公の驚異博物館に、この海胆の化石のコレクションがあり、ドンネルシュタイン（ドイツ語で雷石の意）と命名されていたという。

「ひとびとは、この石を身につけていると、よく眠れるようになり、敵に対して勝利を得ることができると考えた」と民俗学者サンティーヴが『先史時代民俗集』（一九三四年）のなかで述べている、「そのため、剣の柄頭に嵌めこむことも行われた」と。海胆の化石ばかりでなく、先史時代の斧だとか、火打ち石だとか、鮫の歯だとかいったものも、場合によっては雷石という名で一括されることがあったようだ。

しかし海胆の化石には、この雷石とは系統を異にする、もう一つ別の名前があり、もう一つ別の伝説があった。「蛇の卵」、すなわちラテン語でオウム・アングイヌムというやつである。これについては、まずプリニウス（『博物誌』第二十九巻十二章）を引用すべきだろう。

「ギリシア人には忘れられたが、ガリア人のあいだではよく知られている一種の卵がある。多数の蛇がからみ合い、もつれ合って、その身体から粘液と泡を出し、それで『蛇の卵』と呼ばれる円いものを作るのだ。ドルイド僧の言うところによれば、この卵は、蛇のしゅうしゅう鳴く音とともに空中に飛び出してくるので、それが地面に落ちる前にマントで受けとめなければならない。また、この卵を手に入れた者は、一目散に逃げ出す必要がある。蛇は川にぶつかって行くてを遮られるまで、どこまでも追ってくるからだ。私はこの卵を見たことがあるが、大きさは普通の林檎ほどで、殻の上には、蛸の足についているような多くの軟骨状の疣があった。」

ここでプリニウスが述べている「蛇の卵」なるものは、じつは蛇の卵などではなくて、古くからガリア人の崇拝していた、球形をした海胆の殻のことである。ガリア人の先史時代の墓から、考古学者はこの「蛇の卵」、つまり海胆の化石をたくさん発見しているのである。ちょうど朝鮮の新羅時代の古墳（五世紀後半）から発見された鶏卵と同じように、これもまた、復活と再生のシンボルだったのだろうと想像される。

ちなみに、ガリア人というのは、カエサルの『ガリア戦記』によって知られるように、現在のフランスを中心として住んでいたケルト人のことで、古代ローマ人が彼らをガリア人と呼んだのであった。ドルイド教はガリア人の宗教で、この宗教には自然崇拝、樹木崇拝や動物崇拝が目立っており、また一種の輪廻思想もあったと見られている。

フランス西北部のブルターニュ地方には、新石器時代の墳墓がおびただしく残っているが、それらの土中から海胆の化石が発見されることもある。ということは、鉄器文化のガリア人の移動してくるはるかに以前から、海胆の崇拝が行われていたということを意味するだろう。

おもしろいのは、フランス北部のアブヴィル付近から出土した、ローマ時代以前の海胆の殻に、人間の顔が彫ってあったことであろう。シャルボノー・ラッセの『キリストの動物誌』には、そんな例がたくさん報告されている。アラスの付近でも、ヴァンデ県でも、メーヌ・エ・ロワール県でも、同じく顔を彫った海胆の殻が発見されていて、これはたぶん幼児キリストを表わしているのではないか、と言われている。

ガリアがローマ人に征服されて、ローマ文明の支配を受けるようになってからも、このように、海胆の殻を墓に埋めるという習慣は残ったのだ。この時代には、またラテン語で海胆を意味する、エキヌスと呼ばれる一種の陶器の壺も製作された。それは表面に、海胆の殻そっくりに、疣のある条線を彫り刻んだものだった。

十二世紀のキリスト教異端、カタリ派の教養においては、海胆のシンボリズムが重要な役割を演じていたらしい。生きている海胆は、彼らにとっては、人間となった神の言葉の象徴だったのである。すなわち、殻のなかに隠れている海胆の肉は、キリストの隠れた神性であり、殻は、その人間としての被覆であり、殻から放射状に伸びた長い棘は、その言葉が世界に満ちわたる有様を象徴していたのだった。

しかし、それよりもっとおもしろいのは、彼らが海胆の口に見出していた独特のシンボリズムであろう。海胆の口には五つの歯があって、それが五角錐の形をなし、「アリストテレスの提灯」と呼ばれていたことを思い出していただきたい。海胆が死ぬと、この歯はとれてしまって、ぽかりと五角形の穴があくのである。この五つの歯、五角形の穴に、カタリ派のひとびとは注目したのだった。

五という数は、キリスト教のシンボリズムでは、じつにいろいろな意味を有するけれども、彼らはこれを、人間の五感の象徴と見なしたのである。カタリ派の禁欲主義のきびしさはよく知られているが、彼らは苦行によって、五感の快楽を滅却しなければならぬと考えた。海胆と同じように、五つの感覚をことごとく滅却して、五角形の穴にならなければならぬと考えたのである。

ここで思い出さざるを得ないのは、古代ギリシアのピュタゴラスの弟子たちによって尊崇された、あの神秘的な図形ペンタグラムマ（五芒星）であろう。明らかにカタリ派には、ピュタゴラスの思想が流れこんでいるような気がする。中世の隠秘学では、このペンタグラムマはソロモンの印と呼ばれており、ゲーテの『ファウスト』にも、メフィストフェレスが敷居の上にペンタグラムマの描かれているのを見て、部屋から出られなくなってしまう場面がある。わが国でも、平安時代の陰陽家として有名な安倍晴明が、家紋としてこれを用いているのは周知であろう。

このように、世界のいろんな地方で、いろんな時代に現われる魔術的な図形ペンタグラムマを、すべて一つの系統に関連づけて考えるのは無理であるかもしれない。あるいは偶然の一致であるかもしれない。しかし、その源流をたどって行けば、はるかな古代において、あのガリアのドルイド教徒によって崇拝された、五角形の穴のある海胆の殻のイメージが浮かびあがってくるのではないだろうか。

もしかしたらピュタゴラスも、海胆の殻のドルイド教的解釈の影響を受けて、あのペンタグラムマの徽章を用いることに考え及んだのではないだろうか。――以上はシャルボノー・ラッセの仮説であるが、私には、この仮説が非常に興味ぶかく感じられる。

錬金術の伝統では、半球状の海胆の殻は、地球の北半球を表わしているという。背面の中心の肛門から下に向って降りてくる条線は、つまり北極から降りてくる子午線である。その基底は赤道だ。だから、二つの海胆の殻の腹面を合わせれば、地球の全体のイメージが生ずるわけである。

海胆の殻のような、つまらない海中の生きものの残骸が、これほど豊富なシンボリズムを成り立たしめるのも、要するに、それが見事なシンメトリーと放射形を備えた、美しい形体を誇示しているためであろうと私は考える。

貝

貝とは、もちろん軟体動物の腹足類（巻貝）や斧足類《ふそく》（二枚貝）のことであって、貝殻をもった動物である。古代人には、この分類がなかなかむずかしかったらしく、石灰質の殻があるという理由で、ウニ（棘皮動物）やフジツボ（甲殻類）まで貝のなかに含めた。オウム貝やタコブネの仲間も、現在では頭足類（タコやイカの仲間）に分類されるが、かつては貝類一般と同一視されていた。

タコブネは学名をアルゴナウタという。申すまでもなく、これはアルゴ船に乗って金羊毛をとりに行った、ギリシアの英雄たちの故事から由来した命名である。一方、オウム貝は学名をナウティルスという。ジュール・ヴェルヌがこの名前を借りて、『海底二万里』のなかに潜水艦ノーチラス号を登場させたことは、あまりにも有名であろう。タコブネの仲間は、殻とともに海面に浮かんで走るので、このように船のイメージを連想させたのかもしれない。

タコブネの話はともかくとして、貝殻のテーマは、まさにシンボリズムの宝庫と言ってもよく、昔から世界各地でいろんな比喩や象徴として使われてきた。まず、ギリシアの美の女神アプロディテが貝殻から誕生したという伝説を採りあげてみよう。これについて、美術史家バルトルシャイティスは『幻想の中世』のなかで次のように述べている。

「アプロディテの伝説は、エウフラテス河に落ちた卵の神話に結びつけられている。一羽の鳩が卵を孵し、そこから美しい女神が生まれるのである。この女神はギリシアの繁殖の女神となり、卵の殻は貝殻に変えられた。デオンナにとってもステファニにとっても、フェニキアがこの発生の場所であることに変りはないが、前者はシャコ貝のような二枚貝から誕生したと考え、後者はムラサキ貝のような巻貝から誕生したと考える。ローマ人によってウェヌスにつけられたプルプリッサ（ムラサキを意味する）という渾名は、この起源を証明しているかもしれない。もっとも、ローマの女神は一般に板屋貝のような貝殻から出てくるのである。」

魂の容れ物としての卵と貝殻との結びつきは、折口信夫あたりもよく指摘しているところであり、アジアやオセアニアに広く分布する卵生神話にも、似たような関係を発見することはできるかもしれない。

インドでも、貝殻はヒンドゥー教の神の象徴物としてよく用いられる。ヴィシュヌ神が棍棒、蓮華、円盤とともに、その四本の腕の一つに持っているのは、インドの海岸で実際に見ることのできる、トゥルビネッラ・ラパと呼ばれる一種の法螺貝である。面白いのは、この法螺貝が左旋性、つまり左から右へ巻いているということだ。巻貝の大部分がそうであるように、自然に産するトゥルビネッラ・ラパも、ほとんどすべて右旋性であり、左旋性のものはきわめて少なく、いわば一種の畸形、病理学的現象なのである。

なぜヴィシュヌ神は畸形の巻貝を手にしているのであろうか。その説明になるかどうかは分らないが、こんな話があるそうだ。真珠採取で有名なマンナル湾のトゥティコリンでは、土着民が生命の危険を冒して水にもぐり、非常に珍しい左旋性の法螺貝を探すという。伝説によれば、ヴィシュヌの化身であるラーマがセイロン島へ遠征したとき、同行者のひとりが海で悪魔に追われ、左旋性の巻貝の中へ逃げこんで助かった。それ以来、今日にいたるまで左旋性の巻貝は護符として珍重され、カルカッタあたりの市場でも、マスコットとして高く売られているという。

キリスト教の伝統では、貝殻が巡礼者たちの象徴物となっているということも、ここで無視するわけにはいかないだろう。それは巻貝ではなくて、聖ヤコブの貝と呼ばれた板屋貝、あるいは帆立貝である。中世のあいだ、大いに信仰されたスペインの聖地コンポステラに向う巡礼者たちは、頭巾つきの外套と、巡礼杖と、瓢箪の水筒と、腰に下げた財布と、それから板屋貝とを身につけていた。ただし、それは行きではなくて、旅の帰りでなければならず、また貝殻の両片は、二つ合わさっていなければならなかった。

聖地コンポステラには、サンチァゴ（聖ヤコブ）大聖堂があった。なぜ聖ヤコブと板屋貝とが結びついたのかというと、一説には、このキリストの十二使徒のひとりが、ティベリアス湖のほとりで漁師をしていたからだという。しかし残念ながら、板屋貝は海産の軟体動物であって、ティベリアス湖では採れない。別の意見では、海岸で拾った貝殻が、首尾よく巡礼の目的地まで到達したことの証拠になるのだという。フランスの聖地モン・サン・ミシェルの巡礼でも、巡礼者たちは板屋貝を身につけるのである。そのほか、板屋貝の凹んだ一片が、食器として利用されたのだというような意見もあるが、どうもあまり当てにはならないようである。

月や水や女性に関係のある貝殻のシンボリズムを、短い言葉で最も的確に要約しているのは、神話学者ミルチャ・エリアーデであろう。『イメージとシンボル』から次の言葉を引用しておこう。

「牡蠣《かき》や海産の貝や蝸牛《かたつむり》や真珠などは、水の宇宙論にも性的シンボリズムにも等しく結びついている。実際、これらはすべて、水や月や女性の中に凝集された、聖なる力を分有しているのである。しかもそれらは、さまざまな理由、つまり貝殻と女性性器との類似だとか、牡蠣と水と月を結びつける関係だとか、牡蠣の中で形成される真珠の婦人科的、胎生学的シンボリズムだとかによって、これらの聖なる力のしるしとなっている。牡蠣と貝殻の呪力に対する信仰は、先史時代から現代にいたるまで、世界中どこでも見出される。」

たしかにエリアーデの言う通りで、たとえば私たちは、あのプリニウスの『博物誌』(第二巻第四十一章)のなかにも次のような言葉を見つけ出すことができる。すなわち、「注意深い観察者の発見したところによれば、月の影響によって、牡蠣や貝やあらゆる軟体動物の肉は、その容積をふやしたり減らしたりする」と。

月と女性、月と水とが密接な関係を有していることは、いわば神話学や民俗学のABCであろう。日本で子安貝が安産のお守りになっているのも、その形が女性性器をあらわしているからにほかなるまい。

アプロディテの例が示すように誕生のシンボルであった貝殻は、また同時に再生のシンボルでもあった。先史時代のひとびとは、彼らの死者を埋葬するとき、そのかたわらに貝殻を置いたのである。たとえば、フランスのドルドーニュ地方のロージュリ・バスの遺跡の発掘では、地中海産の大型の子安貝がたくさん出てきた。貝殻は埋葬人骨の額の上に四個、両手に一個ずつ、両膝および腿に四個、両足に一個ずつといった具合に、左右対称に並べられていた。

ふしぎなのは、地中海のリヴィエラ海岸近くのグリマルディ遺跡の発掘で、遠く大西洋岸で採れる貝殻が見つかったということであろう。また海からきわめて遠いコーカサス北方の名高いクバンの墳墓でも、キプラエア・モネタという珍しい子安貝の種類が発見されている。古代中国でも、子安貝のほか、貽貝、蛤などが各地の墳墓から出土している。これらの事実から考え合わせると、先史時代の人類によって、ある種の貝殻の呪術的価値が非常に尊重され、それが産地から遠い世界の隅々にまで、何らかの手段によって運ばれたにちがいないということを否応なく納得させられるのである。

貝殻の葬礼における役割は、むろん、貝殻の内部に棲む軟体動物が、その貝殻の家から出たり入ったりするという事実に基礎を置いているだろう。つまり、それは魂と肉体のアナロジーにもなるし、子宮と墓のアナロジーにもなるのだ。だから蝸牛は、その墓の蓋を押しあげて復活するラザロのシンボルになる。

もちろん、それだけではなく、貝殻が私たちの想像力を刺激するのは、その螺旋の魔力によるところも大きいにちがいない。とても自然の産物とは見えないような、その幾何学的な形体の美しさによるところも大きいだろう。その魅力は、なかなか一口には言いつくせないのである。

貝殻頌《しょう》

詩人のヴァレリイは貝殻が好きだった。わたしも貝殻が好きだ。あの美しい幾何学的な曲線、なめらかな石灰質の光沢、あれが自然の生み出した作品だということだけで、わたしには、すでに神秘であり驚異である。

古代のアンモン貝の殻は、厳密に正確な対数渦巻状の曲線を描いて形成されるという。わたしは、直径二十センチくらいの美しいオウム貝の殻をもっているが、これもアンモン貝の親類のようなもので、まことに微妙なカーブを描いている。机の上において、眺めているだけでも楽しい。

子供のころから、わたしは山よりも海が好きだった。そのくせ、わたしは水泳がまったく不得手である。しかし夏の海は、わたしの永遠の郷愁をそそるイメージだ。とくに岩のある海岸がよろしい。清冽な波が打ち寄せる、岩の窪みの水たまりをのぞきこむ。と、そこに一つのミクロコスモス（小宇宙）が発見される。ゆらゆら揺れる緑色の海草のかげに、花のようなイソギンチャクや、小さなヤドカリや、紫色のとげとげのウニや、赤い星のようなヒトデや、ぶよぶよした角のあるウミウシや、グロテスクなナマコが見つかる。その他、目には見えないが、無数のプランクトンや、生命の芽が水中を浮遊しているにちがいない。そう思っただけで、わたしには、その小さな岩の窪みの水たまりが、生命の讃歌を奏でる花園のように思いなされてくるのである。

わたしは、もし生まれ変ることができるものならば、できるだけ下等な動物に生まれ変りたいとつねづね考えている。進化の段階を逆に下降して、軟体動物や腔腸動物のような美しい単純性に回帰することができたら、どんなに幸福であろうかと思う。深海の底に根をはやし、潮の流れにゆらゆら揺れながら、太古の時間をそのままに生きているウミユリとか、ウミリンゴ（古生代のデボン紀に絶滅した）とかいった動物こそ、わたしの理想の生命の形体なのだ。

ジャン・ジュネという作家は、藻のような下等な植物になりたいとか、アリゲーターのような懶惰《らんだ》な動物に生まれ変りたいとか言っているが、彼の気持は、わたしにはじつによく理解できる。人間は、理知とか感覚とかを一つ一つ切り捨てて行って、生命の根源、存在の本質に近づくのが本当ではないかと思う。フロイトの「死の本能」説というのも、要するに、有機的生命が無機物に還ることをあこがれる、退行の傾向をさしたものであった。

しかし、エーリッヒ・フロムのような心理学者にいわせると、こうした死の本能に惑溺することが、とりも直さず、現代に特有な悪だということになる。そうだとすると、わたしのように冷たい貝殻が好きだったり、太古のウミユリのような下等動物になりたいなどと、途方もない詩的夢想にとりつかれている男も、やっぱり悪に魅せられた人間なのだろうか。単純な生命は、それだけ死に近いのだろうか。わたしには、有機体は単純なほどエネルギーにみちているようにも思われる。

わたしは、考古学や地質学の本をときどき開いてみる。カンブリア紀、オルドビス紀、ゴトランド紀、デボン紀、石炭紀、二畳紀、三畳紀、ジュラ紀、白亜紀、――古生代、中世代の時代区分には、何という魅力的な名称がつけられていることだろう。地球が誕生したのは、今から三十億年前であり、動物が発生したのは、今から五億年前である。人類が地上に出現してから現在までは、せいぜい百万年といわれているから、古生代の長さは、その三十倍にも当るわけである。したがって、三葉虫などという古生代に全盛を誇った生物は、人類の三十倍も長く地上に覇を唱えていたわけであり、エジプトやメソポタミアの文明がせいぜい今から五千年ないし七千年前だとすると、三葉虫は、人類文明の何十倍、何百倍、あるいは何千倍という長期にわたる三葉虫文明（?）時代を築いていたかも分らないのである。

こう考えると、ヒューマニズムなどというものは、まったく意味のない、吹けば飛ぶようなものに思われてくるから妙である。人類は哺乳類の一種であるが、この哺乳類は中生代のジュラ紀ないし白亜紀に出現した。ずいぶん長く生きたようでもあり、ずいぶん短かいようでもある。一時期、地球上に覇を唱えた動物は、これまでの例では、かならず絶滅している。どうして人類だけが絶滅しないという保証があるか。

わたしは絶滅した動物が大好きだ。比較的最近でも、駝鳥のようなモアとか、白鳥のようなドードーとかいう鳥が絶滅しているが、彼らは鳥のなかでも、なにか高貴な種族のような感じがする。いわんや三葉虫、アンモン貝においてをや。

貝殻について

わが家の応接間のガラス・ケースの上に、大小さまざまな貝殻が雑然と並べてあるのを見て、

「貝殻を集めていらっしゃるのですか」などと質問なさるお客さまがいる。これに対して私は、

「いや、べつに、集めているというわけでもないのですがね。ただ何となく集まってしまったのですよ。私が貝殻が好きだというのを知っていて、わざわざ段ボールの箱につめて送ってくれる、親切な読者の方もありましてね……」などと答える。コレクションとは言えないほど貧弱な蒐集なので、どうもいささか気恥ずかしいのだ。

事実、積極的に集めようと思ったわけでもないのに、長年のあいだ、いつとはなしに、私の手もとにだんだん貝殻が溜まってきて、ケースの上に所狭きまでに並べられ

ることになってしまっただけの話なのである。もとより、たいして珍しい種類の貝殻があるわけでもなく、その道の愛好者が見れば呆れるだろうような、つまらない種類のものも多いことだろう。

房州の夏の海岸で拾ったものもあれば、沖縄帰りの友人にもらったものもある。近頃では、デパートなどにも売っているそうであるが、そういうものは、できるだけ買わないようにしている。

デパートなどに売っている貝殻のなかには、たしかに日本の近海ではめったに見つからないような、いかにも熱帯の南洋産らしい、みごとな形と派手な色彩をしているものもあるにはあるが、私が何より気に入らないのは、それらの貝殻の表面が、ひどいのになると、ニスのような艶出しの薬品さえ塗られているらしいのが、素人の目にもはっきりと分るからである。貝殻の色艶は、人工的に磨かれたものよりも、自然のままの方がずっとよろしい。

これは貝殻ばかりではない。近頃では、ドライ・フラワーに人工的に着色したやつが、花屋で堂々と売られているのを見かけるが、あれも私の趣味ではない。食料品の人工着色もよくないが、ドライ・フラワーの人工着色もよくない。どうしてあんな馬鹿げたものを売るのだろうかと、つくづく腹立たしくなるほどだ。

ついでに書いておくが、何によらずコレクションということは、自分で集めるのを第一とすべきである、と私は考えている。店で売っている品物を買ってきて、コレクションをつくるのは馬鹿げており、そんなことをしてコレクションがいくら豊富になっても、少しも楽しくはないはずだと思う。

私が少年の頃にも、切手の蒐集は流行したことがあるが、その当時のコレクションのやり方は、現在のそれとは大いに違っていた。ヨーロッパに滞在している親類の叔父さんなどから手紙がくると、私たちは大喜びで、その封筒から丁寧に切手を剝がして、アルバムに貼ったものである。私たちが集めていたのは、消印の押してある、外国や日本の古い切手ばかりであった。

夜店の古本屋などで、セロファンの袋にはいった、珍しい三角形のペルーの切手などを見つけて、「ああ、ほしいなあ！」と思ったりしたものだ。いかにも中学生らしいロマンティシズムだった。

それが現在では、郵便局にわっと駈けつけて、新しい記念切手を、まとめて何十枚も買う。あとで値が出るのだそうである。つまり利殖の方法にもなるのだ。もちろん、切手蒐集の方法には、昔から未使用切手を集めるそれと使用済切手を集めるそれと、二つのやり方があることは私も知っているが、今日の切手蒐集家のやり方には、ロマンティシズムも糞もあったものではなく、じつに索漠たるものを感じないわけにはいかない。

私の貝殻コレクションは、そういう次第で、べつに高価な珍種を買い集めたものではなく、むろん買ったものもあることはあるが、大部分はそこらの海岸に落ちているような、ごく平凡な巻貝や二枚貝をごちゃごちゃ並べたものにすぎない。

そのなかで、私のいちばん気に入っているのは、直径二十センチばかりの美しいオウム貝である。

古生代のデボン紀から中生代にかけて栄え、白亜紀の末に絶滅したと言われるアンモン貝の殻は、正確な対数渦巻状の曲線を描いて形成されるが、そのアンモン貝の親類であるオウム貝の殻も、まことに美しい渦巻のカーヴを描いていて、いくら眺めても見飽きることがない。

渦巻が中心に近づくほど、白い地の上の茶色の縞目が濃くなり、中心の近くの巻きこんだ部分は、黒っぽくてオウムの嘴によく似ている。貝殻の全体は、嘴を胸にぴったり押しつけた、オウムの頭部を思わせる。オウム貝という名称は、たぶん、ここから由来しているのであろう。

オウム貝は学名を「ノーチラス」というが、アメリカで造られた最初の原子力潜水艦がノーチラス号と呼ばれたことを、おぼえておられる方もあろう。オウム貝はイカやタコの仲間で、殻は一種の浮袋なのだ。まさに潜水艦のように、水にもぐったり浮いたりすることができ、漏斗から水を噴出して、速いスピードで突進するという。

そのほか、私の好きな巻貝には、薄い貝殻であるにもかかわらず、ほぼ完全な形を保っている日本特産のチマキボラがある。螺層の肩が鋭角をなし、バベルの塔のまわりの螺旋階段のような趣きを見せているところが、何とも言えない。

さかさまにすると、臍の穴が広いので、螺層の頂上まですっかり見えてしまうクルマガイも一風変っている。まるでドームの内部のようであり、螺旋階段を真下から見あげたようである。

別名アッキガイ（悪鬼貝）と呼ばれるように、いかにもとげとげしく、兇悪な感じのするホネガイの種類も、いくつかある。渦巻のまわりから八本の突起を出している星形のリンボウガイ、まるで巨大な毒蜘蛛のような筋があって、気味のわるい六本の突起をのたくらせたスイジガイ、美しい彫刻美を誇るショクコウラの仲間たち、細長いキリガイダマシやナガニシ、象牙のように彎曲した各種のツノガイ、ずんぐりしたチョウセンフデガイ、粋なタケノコガイ、それに大小さまざまなタカラガイ……

二枚貝では、ほんのり薄紅色をした、二十センチばかりのヒレジャコが大きく、魁偉な姿であたりを圧倒しており、毒々しく赤いショウジョウガイの仲間も、とげとげを突き出していて大そう無気味である。

貝ではないけれども、私の小さなコレクションのなかには、房州や伊豆の海岸で採集したキクメイシの種類もある。これはサンゴ虫の一種であるが、菊の花のような放射状の筋目のある、五角あるいは六角の孔が、まるで蜂の巣のようにびっしり集まっていて、まことに美しく、自然の神秘をまざまざと感じさせるものだ。……

コレクションを愛する精神とは、いったい何なのだろうか、と私はときどき考えこんでしまう。博物誌や自然を愛する精神と、それは似ているような気もする。むずかしく言えば、世界の雛型を所有したいという、一種の形而上学的精神と関係があるようにも思われるのだが、まあ、ここでは、あまり深遠な哲学的議論にのめりこむのは、やめておこう。

貝殻について

現代フランスの哲学者ガストン・バシュラール氏が、貝殻について興味あふれる美しい文章を書いているので、次にその幾節かを引用しておく。

「貝殻には、じつに鮮明な確固とした一つの概念が結びついているので、絵に描く場合は簡単だが、詩人がこれについて語らねばならない場合は、まずイメージの不足を感じる。せいぜい、形体の幾何学的現実が心に思い浮かばせるいろいろな価値について、語ることぐらいしかできはしない。しかも、その形体にしてからが、まことに千差万別なので、実際に貝殻の一つ一つをしらべてみると、想像力が現実に負けてしまうことがあるのである。自然というものには、想像力もあれば、熟練した技術もあるものだ。アンモン貝の写真を見ただけでも、中生代以来、いかに軟体動物が先天的な幾何学の習得によって、見事にその貝殻を構築していたかを知ることができる。アンモン貝は、対数渦巻形の軸を出発点として、その家をつくるのである。……むろん、詩人はこの生命の美学的なカテゴリーを理解することができる。『貝殻』という表題で、ポオル・ヴァレリイが書いた美しい文章は、まことに幾何学的精神にみちみちた名文章だ。詩人にとって、《水晶、花、貝殻などは、感性的な事物全体の日常的な無秩序から隔絶している。それらは、われわれがぼんやりと見ている他のすべてのものよりも、頭で考えては分りにくいが、眼で見てははるかに理解しやすい、特別な物たちである》と。デカルト的精神の偉大な詩人にとって、貝殻は、かっちりと凝固した動物的幾何学の真理ともいうべきものなので、それ故に、《明晰かつ判明》なのであろう。実現された物は、きわめて理解しやすいのだ。神秘なのは、途中の形成であって、出来あがった形体ではない。それにしても、これから形を形成しようというとき、貝殻を右に巻くべきか左に巻くべきか、その最初の選択に、どんな生命の決定がなされるのであろう。この最初の渦巻については、どう考えたらよいのだろう。実際、生命は飛躍するというよりも、むしろ回転しながら始まるのだ。いわば回転する生の飛躍《エラン・ヴィタル》である。何という悪賢い神秘な企み、何という巧緻な生命のイメージであろう。……軟体動物の金言は、たぶん次のようなものであるにちがいない、すなわち、《家をつくるために生きるべし、生きるために家をつくるにあらず》と。」（『空間の詩学』一九五八年）

貝殻の神秘については、さらに付け加えねばならないことがある。それは、貝殻のなかに動物あるいは人間が棲息し得る、というファンタスティックな夢想である。ベルナール・パリッシイのことは本文中に述べたので、ここでは、美術の領域に主題を限ろう。

リトアニア生まれの中世美術史家バルトルシャイティス教授の書いた『幻想の中世』（一九五五年）という本を見ると、ふしぎな図柄の刻まれた古代の宝石の模写画が出ている。カタツムリのような巻貝の貝殻から、馬だの、驢馬《ろば》だの、羊だの、鹿だの、兎《うさぎ》だの、象だのといった獣たちが、ひょっこり飛び出してくる図である。

大きい（はずの）動物が小さい（はずの）貝殻から飛び出してくるという着想は、その現実のダイメンションをことさらに逆転させたところが、まことに奇妙で、グロテスクで、おもしろい。おそらく、これは視覚上の極大と極小の問題に関係があるだろう。ガリバー旅行記を俟つまでもなく、事物が現実の寸法よりも大きくなったり小さくなったりするということには、純粋な想像力の運動としての快感があるのである。哲学上の大宇宙と小宇宙の相関関係も、これに似ている。だから、「貝殻のなかの獣」という装飾的なモチーフには、たとえばボッシュやブリューゲルなどがよく描く「球のなかの人間」というモチーフと同様、一種のミニアチュール的世界をねらった面白さがある、と言い得るかもしれない。（ボッシュの「快楽の園」中央部では、長い茎をのばしたタンポポに似た植物の花托から、ガラスの罅《ひび》割れのような筋目のある、大きな蒼ずんだ半透明の球が花のように咲き出ていて、そのなかに、二人の裸体の男女が恋の語らいに耽っている様子を見ることができる。また、ブリューゲルの「狂女グレエテ」では、醜い老婆のかつぐ小舟の上に、シャボン玉に似た巨大な球体が載っていて、その内部に、三人のしかめ面した小人のような、悪鬼のような男たちの封じこめられているのが眺められる。むろん、これは画家の眼に映じた現世の脆さ、はかなさを象徴したところの、一つの小宇宙と解して差支えあるまい。）

この「貝殻のなかの獣」という美術史上のモチーフについて、バルトルシャイティス氏は次のように述べている、「海岸沿いに住むひとびとにとって、海はあらゆる存在の起源である。地上の動物も、その例外ではない。馬も海神《ポセイドン》のお供をして、海からやってくるのである。アナクシマンドロスやターレスの思想はすべて、こうした水の魔力の信仰に支配されている。そして貝殻の奇蹟も、もちろん、こうした信仰に結びついているのだ」と。

古代の宝石彫刻ばかりでなく、同じようなモチーフは、中世およびルネサンスの絵画や彫刻にも数多く見出される。たとえば、ランブール兄弟の描いた有名なベリー公の「いとも豪華な時禱書《じとう》」の暦絵の、一月と十二月の部に、黄道十二宮の一つとして、山羊を象った磨羯宮《まかつきゆう》の徴《サイン》が描かれているが、この山羊がやはり巻貝のなかから半身を出しているのである。ローアンの「大時禱書」の十二月の部にも、全く同じ磨羯宮の図がある。また、十六世紀ヴェネツィア派の創始者たるジョヴァンニ・ベリーニの寓意的な作品にも、二人の男のかつぐ巨大な貝殻のなかから、裸の男が、腕に蛇を巻きつけて出てくる絵がある。この謎のような絵をめぐっては、さまざまな解釈――たとえば男色を意味しているとか、オルフェウス教の宇宙発生論を表わしているとか、――が試みられているけれども、要するに、貝殻から出てきた男の下半身は、どうなっているのであろうか。正常の人間の脚をしているのか、それとも巻貝の肉のように、先細りになって、くるくると渦巻いてでもいるのだろうか。あの中世伝説のメリュジーヌのように、上半身が人間で、腰から下は蛇身なのでもあろうか。――わたしたちが最も疑問とするところは、これなのであって、この絵の妖しい魅力も、この隠されたい下半身にあるように思われる。

私の昆虫記

私は東京の駒込の付近で育ったが、昭和十年代の東京の山の手（厳密には駒込は山の手とはいえないが）には、まだ空き地や原っぱが方々に残っていて、樹の多い氏神の神社やお寺もあり、いろんな種類の昆虫と親しむ機会がたっぷりあった。

北は飛鳥山から南は六義園《りくぎえん》まで、西は染井墓地から東は谷中墓地までが私たちの行動範囲で、夏休みには、長駆して荒川の土手へ泳ぎにゆく者もあった。田端の高台からは、お化け煙突がよく見えた。

六義園は、近ごろ『元禄太平記』によって脚光を浴びているらしいが、私たちが少年時代、しょっちゅうドングリを拾いに行っていた場所である。

台地の原っぱには、どこの原っぱにも、トンボやバッタがたくさんいた。足もとから、キチキチキチキチ……と鳴いて飛び立つバッタを追って、私たちは炎天下に汗みどろになって、原っぱを駈けずりまわった。

どういうわけか、私たちは、青くて細長いショウリョウバッタ（ネギドンともいった）と区別して、茶褐色のトノサマバッタやクルマバッタを「オオト」と呼んでいた。立派な「オオト」をつかまえた時は嬉しかった。この「オオト」の語源をしらべようと思って、私は手近の辞典にあたってみたが、どうしても見つからない。どなたか、ご存知の方があったら、ぜひ教えていただきたいものである。

夜になると、家の中にカナブンブンやフウセンムシがやたらに飛びこんできた。当時は網戸なんかなかったからである。フウセンムシは愉快な夏の夜の景物である。この虫をガラスのコップに入れ、小さな紙片を沈めてやると、虫は水中に潜っていって紙片につかまり、紙片と一緒に水面に浮かびあがる。水面にくると紙片を放して、また水に潜ってゆく。

私は、このコップの中のフウセンムシの上下運動を、いつまでも眺めているのが好きだった。しかし子供は夜がふけると、寝なければならない。いつまでも起きていると、親たちに叱られる。私はしぶしぶ、枕もとにコップを置いて、未練がましく蚊帳のなかへ入る。

ところが朝になって、コップの中をのぞいてみると、すでにフウセンムシはいないのである。紙片だけがコップの底にあって、虫は影も形もない。いったい、あの虫はどこから飛んできて、どこへ帰ってゆくのだろう、と私はいつも不思議に思ったものだった。

夏休みに、父の郷里である埼玉県の田舎へゆくと、私はよく近所の川（利根川の支流だった）で、いろんな水棲の昆虫を採集した。ミズスマシ、ゲンゴロウはもちろん、タガメ、タイコウチ、ミズカマキリ、コオイムシ、マツモムシなども捉えて、水棲昆虫の標本をつくった。

魚を捉えて食う兇暴なタガメやタイコウチは、お腹がぺしゃんこで面白い。あんなにぺしゃんこで、いったい食べものはどこに入るんだろう、と私は不思議に思ったものだ。ボートのオールのように二本の後足で泳ぐマツモムシをつかまえる時は、注意しなければならない。うっかりして手を刺されると、とびあがるほど痛いからである。

私は膝まで川の中につかって、虫採りに熱中していたが、マツモムシを手でつかんだ瞬間、あまりの痛さに、わっと叫んで、虫をほうり投げ、そのまま水の中に尻餅をついてしまったことがある。全身ずぶ濡れになってしまった。

しかし標本といえば、何といっても中心になるのはトンボとチョウ、それに甲虫であろう。

私たちは小学生のころ、モチ竿をふりまわして、よくトンボやセミのあとを追っかけまわしたものだ。しかしモチ竿では、羽根がべたべたになってしまうから、標本をつくるには捕虫網を用いるのが好ましい。中学生になってからは、もっぱら捕虫網を用いた。

針金で枠をつくり、その枠にクモの巣をいっぱいからませて、その粘着力でトンボやセミをつかまえる方法もあった。そのほか、小石に糸をつけて空にほうり投げると、その糸にギンヤンマなどがからまって落ちてくる。そんな原始的なトンボ採りの方法もあったようだ。

いかにも涼しげに、水の上をひらひら飛んでいる黒い羽根のオハグロトンボは、しかし、死者の霊だから採ってはいけない、といわれていた。そういえば、あのオハグロトンボのすがたには、どこか神秘的なところがあるような気がする。

チョウの場合には、展翅をする必要があるから、標本つくりは特別に面倒である。しかし、その面倒もまた楽しいもので、私などは自分で桐の板をけずり、針を刺す溝の部分には黍殻を用いて、自家製の展翅板をつくったものだ。面倒なことを楽しんでやる精神がなければ、とても標本つくりは無理だろう。出来あがったものをデパートで買ってくるにいたっては、論外である。

チョウの標本つくりでは、あの『ロリータ』を書いた小説家のナボコフが有名である。

おそらく、美しいチョウを採集するのも、美しい少女たちを記憶の中にコレクションするのも、彼にとっては同じことなのであろう。

朽ちた木の臭いのする、ひんやりとした暗い田舎の邸の裏庭で、ふと見つけたクヌギの樹の洞などに、カブトムシやクワガタムシを発見した時の喜びは、ちょっと筆舌につくしがたいものがある。あの鈍く光った、堅牢な中世の甲冑のような甲虫の鞘翅の魅力は、私にとって最高のものだからだ。

チョウが派手な色彩と紋様と鱗粉によって、昆虫界随一の絵画的な美しさを誇っているとすれば、甲虫は、その底光りのするような艶と堅牢性と光沢によって、むしろ彫刻的な美しさを発揮しているといえよう。どちらにも長所があり、どちらを上とするわけにもいかない。タマムシやコガネムシの仲間には、まさに宝石のように美しい種類もある。

いま、私の家の客間の飾り戸棚の上には、小さなガラス瓶に入った一匹のタマムシが置いてある。これは去年、北鎌倉の円覚寺の裏山につづく、私の家の庭で捉えたやつだ。その美しい玉虫色は、一年たっても少しも変化していない。

昆虫の世界の魅力は、こうして語っていると、どうやら尽きることがないかのようだ。

箱の中の虫について

玉虫の厨子《ずし》は、厨子というよりも宮殿のミニアチュールのようである。厨子といえば、一般には仏像や経巻をしまっておくための箱を意味するだろうが、これはむしろ須弥座《しゅみざ》と台座から成る二重の基壇の上に建てられた、小さな一つの宮殿そのものなのだ。天平十九年に勘録された法隆寺伽藍縁起流記資材帳に「宮殿《くうでん》像弐具」とあるそうだから、あるいは当時から、そういう呼称で呼ばれていたのかもしれない。私はなにも、ここで上代美術史のおさらいをはじめようというつもりはないので、だれでも大凡の概念をもっているであろう玉虫の厨子について、これ以上くだくだしく筆を弄する気はない。ただ、その宮殿部がいわゆる入母屋造りであって、正面と側面に観音びらきの扉をつけ、軒を雲形肘木《ひじき》で支え、錣葺《しころぶき》の屋根の両端に鴟尾《しび》を配したものであるということ、そして飛鳥建築の実態を知る上にも、これが貴重な遺品となっているらしいということを頭に入れておけば足りる。

じつをいうと、私は玉虫について語りたいのである。虫について語りたいのである。申すまでもなく、玉虫の厨子が玉虫の厨子の名で呼ばれているのは、その宮殿部にほどこされた透彫り文様の金具の下に、玉虫の翅鞘《しちよう》がびっしりと張りめぐらされているためである。隙間なく敷きつめるために、その翅鞘はいずれも其部と先端とを截断されている。久しく時代を経ているので、いまでは色も褪せ、塵埃が付着し、台木の面から剝落している部分も少なくないが、当初において、それがいかに美麗に虹色の光輝を発していたことか、想像するにあまりあろう。玉虫の翅鞘は左右それぞれ、まんなかに銅紫色の縦条を一本走らせた、金色をおびた鮮緑色にかがやく革質のものだが、光線の加減によっては藍色にも見えるし臙脂《えんじ》色にも見える。さればこそ玉虫色なる呼称もあるわけで、多くの甲虫のなかでも、その美しさには比類がない。いったい、厨子の装飾に玉虫の翅鞘を用いようなどという奇想天外なアイディアに、どこのだれが考えおよんだのであろうかと私は思わざるをえない。なんにせよ、この発案はすこぶる秀逸だと思われるからである。

昭和七年に『古代美術工芸品に応用せられしタマムシに関する研究』という薄っぺらな小冊子を刊行した、京都大学農学部昆虫学研究室の山田保治氏によると、こうした玉虫応用の工芸品は、必ずしも和朝の玉虫の厨子ばかりではないそうである。正倉院御物の刀子《とうす》や箭《や》にも用いられているし、朝鮮古新羅の慶州金冠塚から発掘された馬具や綾羅にも用いられている。しかも、金冠塚遺物に用いられた玉虫の翅鞘は、玉虫の厨子や正倉院御物に用いられた玉虫の翅鞘と寸分たがわぬ、げんに今日の日本でも普通に見ることのできる玉虫、すなわちヤマトタマムシ学名クリソクロア・フリギディッシマに属するものだという。つまり、これら日本や朝鮮の工芸品に応用せられた玉虫は、すべて同一の種類だというのである。

こうなると、どうしても私たちは空想をたくましくしたくなる。もし玉虫の厨子が朝鮮系の帰化人技術者集団によって製作されたものだとすれば、玉虫の工芸的な応用法もまた、彼らによって日本にもたらされたのではないだろうか。これはまず間違いないところであろう。ただ、山田保治氏も指摘しているように、朝鮮に玉虫の産することが、日本にくらべて圧倒的に少ないという事情を考え合わせると、かの地において応用せられた玉虫は、朝鮮から日本へ渡来した技術者によってふたたび持ち帰られたものか、さもなければ九州あるいは対馬あたりから輸出されたものではなかろうか、ということも考えられるのだ。アイディアは朝鮮の技術者に係るものだが、虫そのものは日本産だったのではないか、というわけである。

日本国内でも、玉虫の分布状態には相違があって、とくに関西地方が多産だということになっているらしい。もとより関西地方だけとはかぎらない。伊勢の国学者谷川士清が本居宣長に送った書簡中に、「五月末の事に而御座候、此碑出来の砌玉虫三日出申候、右玉虫は榎を好み候由」とあるように、玉虫の幼虫がもっとも好んで寄生するのは榎だというし、榎でなくても樫、桜、桃、柳、柿、柚などにしばしば寄生するそうだから、私たちは日本中のどこででも、容易に玉虫のすがたを実見することができるのだ。げんに私の机の上にも、私が北鎌倉のわが家の庭でとらえた、ガラスの小瓶にはいった一匹の玉虫が置いてあって、私はそれをちらちら眺めながら筆をはしらせているのである。しかし、そうはいっても、いまと違って飛鳥時代の往時においては、おそらく私たちの想像もおよばないほど、この玉虫の個体数が多かったのではないだろうかと私は考える。そうでなければ、あれほどおびただしい数の玉虫の翅鞘を必要とする、ある意味では最高の贅沢品といってもよい玉虫の廚子などは、到底つくり出せるはずがないように思われるからだ。

山田保治氏は学者だけに丹念なひとで、玉虫の廚子に用いられた玉虫翅鞘の枚数を、その位置や配列の仕方とともに、いちいち自分の目でしらべて報告している。それによると、――

宮殿部においては正面に七九〇枚、背面に五六九枚、左側面に六二六枚、右側面に五七八枚、合計二五六三枚が数えられる。

宮殿部と須弥座のあいだの三つの框に、現在では離脱しているが、かつては玉虫翅鞘が用いられていたものと想定するならば、そのいちばん上の框に五八四枚、まんなかの框に一〇八〇枚、下の框に四三八枚、合計二一〇二枚が数えられる。

前記の三つの框をのぞく、それ以外の須弥座と台座の透彫り金具の下すべてに、かつては玉虫翅鞘が敷かれていたものと想定して計算するならば、正面に一一六四枚、背面に一一六四枚、左側面に一〇四五枚、右側面に一〇四五枚、合計四四一八枚ということになる。

以上のごとく、宮殿部と須弥座と台座のすべてにわたって、透彫り金具の下に洩れなく玉虫翅鞘が敷かれていたものと想定して、前記の数値を総計するならば九〇八三枚ということになる。すなわち、一匹の玉虫から二枚の翅鞘を得るがゆえに、これを二で割って四五四二匹の玉虫をあつめなければ、厨子における各部の装飾を完全にすることは不可能だということになる……。

四五四二匹。相当な数である。それが今日のことならば、昆虫学会なりなんなりが印刷物によって全国にPRして、必要なだけの玉虫翅鞘の枚数をあつめることも易々たるものであるかもしれない。しかし飛鳥時代のむかし、四五四二匹という厖大な数の玉虫をあつめるためには、それ相応の人数を山野に動員しなければならなかったことでもあろうし、かりに玉虫の個体数が現在とは比較にならぬほど多かったとしても、所定の数にまで達するには、かなりの時日を必要としたであろうことは想像するに難くないのである。

私は、たとえば生駒山とか葛城山とかいった奈良近辺の山々に、夏の一日、子供を混えた野良着すがたの男女が大勢あつまって、榎の樹からいっせいにわらわらと飛び立つ玉虫の群を、竹箒かなにか手にして、彼らがてんでに追いかけている情景を想像裡に思い浮かべる。いわゆる人海作戦である。そうでもしなければ、四五四二匹におよぶ大量の玉虫を一定期間のうちに採集することは、まずどう考えても無理であろうと思われるからだ。夏の陽に虹色の翅鞘をきらめかせて飛び狂う玉虫の大集団は、今日では容易に見られぬ夢のような光景であるが、さぞや壮観であったにちがいあるまい。

*

私は前に宮殿のミニアチュールのようだと書いたけれども、玉虫の厨子は、じつはきわめて簡単な構造で、ごく大ざっぱにいえば、上下二つの箱を框で連結し、これに屋根と台座とを取りつけただけのもののようである。したがって、見かけはいかにも宮殿であるが、その実体は箱だと思って差支えなかろう。玉虫の厨子は箱なのである。

そして私の独断をつけ加えるならば、そもそも玉虫という存在は、どういうわけか箱と縁がふかいのである。

たとえば広文庫の倭姫命《やまとひめのみこと》の条を引くと、次のような記述にぶつかる。
「太常国史云、鎮坐本紀ニ載スル開化天皇ノ手箱ノ中ニ物アリ、小虫ノウゴメクガゴトシ、コレヲ見ルニ人ノ貌也、帝怪シミ玉ヒテコレヲ養ハセシメ玉フニ、長ズルニ及ビテ美女也、所謂倭姫命是レ也。」(『本朝諸社一覧』)
「異説ニ元長参詣記云、人皇九代帝開化天皇御宇、御手箱ノ中ニ虫ノ如クナルアリ、変ジテ姫トナリ賜フ、奪胎換骨ノ御姿坐シケルニヤ、御自ヲ倭姫ト曰フ、一書云、倭姫皇女ハ垂仁天皇硯箱ノ蓋ノ中ニ虫ノ如クナルアリ、変ジテ姫トナリマシマスト有リ。」(『倭姫命世記抄』)
「倭姫ハ化現ノ人也、箱ノ中ニ小虫アリ、其ヲソダテタマヘバ倭姫也、此ノ姫壽量七百余歳也。」(『日本紀神代抄』)
それぞれにヴァリアントがあるけれども、いずれも姫が虫のかたちをして箱のなかにすがたを現ずるという伝説である。柳田國男はこれを玉虫伝説と称して、うつぼ舟のなかの幼児、竹のなかのかぐや姫、桃のなかの桃太郎、瓜のなかの瓜子姫、あるいは脛のなかのスネコタンパコと同じように扱っているが、私としては、そんなふうに一般化してしまってはいかにも勿体ないような気がする。いわゆる「小さ子」のテーマはひとまず措いて、ここでは玉虫という存在の特殊性のもとに、それと箱との無視すべからざる関係を考えたほうが、はるかにおもしろいような気がしてならないのである。

といっても、私には、この玉虫と箱との関係を、うまく理論づけて説明することはとてもできそうにない。甲虫のつねとして、玉虫はよく死んだふりをする。脚をちぢめ、船形をした身体を硬直させて、じっと動かずに死んだふりをした玉虫のすがたは、なにがなし、あの亜麻布を巻かれて木棺におさめられたエジプトのミイラにそっくりである。いや、玉虫は実際に死んでも、その身体が堅くてなかなかこわれないので、いよいよミイラに似ているといえばいえるかもしれない。そしてミイラならば、箱のなかに安置されたとしても、一向にふしぎはないはずであろう。しかし箱のなかのミイラというよりも、この場合はむしろ、繭のなかの蛹といったほうがよいのではないか、という気もする。ミイラと蛹はよく似ているからである。ガストン・バシュラールが『大地と休息の夢想』のなかに引用しているロシアの神秘主義者ローザノフによると、「エジプト人はだれでも蛹の状態になる前に、どんな毛虫でもつくることができるような、細長いすべすべした繭を自分のために用意していたものだ」という。こうなると、ミイラとはまさしく人間の蛹ではないか。

整理してみよう。ミイラには明らかに復活の祈願がこめられているし、蛹は蛹で、あたかも死んだような静止期を過ぎると、徐々にうごめき出し繭をやぶって羽化するのである。倭姫命は、もしかしたら繭のなかの蛹だったのではあるまいか。

もう一つ、ここで注意しておかねばならないのは、玉虫の語にふくまれるタマの意味であろう。折口信夫のあまりにも有名な分析を思い出すまでもなく、霊魂のタマが形をとると物質の玉となり、抽象的なタマ（霊魂）のシンボルが具体的なタマ（玉）にほかならなかったとすれば、玉虫はどうしても霊魂の虫に通じるものでなければならぬ。少なくとも、そのような連想を自然に呼びおこさずにはいない虫の名前だということを、私たちは忘れてはなるまい。

折口信夫によれば、タマゴの古い言葉はカヒであって、カヒは最中の皮のように物をつつんでいるものの意である。このカヒは密閉してあって、穴のあいていないのがよかった。その穴のあいていない容れ物のなかに、どこからともなく入ってくるものがある。その入ってくるものがタマ（霊魂）であり、タマはカヒのなかで或る期間を経過すると、成長しカヒをやぶって出現するのだ。――密閉してあるという条件さえ同じならば、カヒはもちろん繭であってもよいだろうし、また箱であってもよいだろう。そしてその箱のなかに、霊魂の虫である玉虫が生ずるのも自然だろう。

ついでに述べておけば、その前身が虫であったという伊勢の初代斎宮たる倭姫命は、記紀神話に登場する多くの女性のなかでも、私のいちばん気に入っている女性のひとりなのである。なぜかというと、彼女はその甥である倭建命とむすびついて、存分に叔母の霊能を発揮する女性だからだ。倭建命に自分の女の衣裳をあたえ、彼を女装させて、首尾よく熊襲建を討ちとることをえさしめたのが彼女である。草薙剣と火打石のはいった袋を甥に授け、彼の危急存亡のいのちを救ったのも彼女である。『日本紀神代抄』には「化現の人」とあるが、まさにその呼び名にふさわしいといえるだろう。

＊

玉虫と箱との関係は、しかし、この倭姫命の伝説において見られるようなものばかりではない。まだほかにもあるのである。鴨長明作と伝えられている『四季物語』のなかに、次のような一節があるので引用しておきたい。

「なりはうつくしう玉むしなどいひて、いみじけれど声きりぎりす、はたおり、かうろぎにさへおとりて、声たてぬもあれど、此むしはやむごとなきさちあるものにて、宮のさうにて、何くれの御つぼねにも、御くしげの中、白ふんの中にまろびて、からは人をさへ、野べにすてためるならひなるに、十とせはたとせの後までも、御ものの中につつませおかせ給ふ事よ。」

くしげ（匣）とは、櫛や化粧道具を入れておく箱のことである。玉匣という言葉もある。王朝の女房たちは、玉虫を匣のなかや白粉箱のなかに入れて秘蔵したのである。その理由は、一つには玉虫が古来より相愛の薬、すなわち媚薬として珍重されていたからであり、もう一つには、これを白粉箱のなかへ入れておくと、白粉の香が抜けないとか、白粉の香が増すとかいわれていたからである。ごく最近まで、玉虫を簞笥のなかへしまっておくと、着物がふえるとか、衣裳に不自由しなくなるとかいった俗信が行われていたのを御存じの方も多いだろう。『四季物語』のいう通り、この虫は「やむごとなきさちあるもの」だったのである。

それにしても、死骸は人間でさえ野原に棄ててしまう習慣なのに、十年二十年の後までも、着物につつまれて大事に保存される玉虫は大したものだ、と感心している『四季物語』の筆致は大そうおもしろい。

王朝の女房たちも、榎の下に打ちつどい、長い裳裾をひるがえして、夢中になって玉虫を追いまわしたのではないだろうか。そんな光景を、つい思い浮かべてみたくなる。

私は、はたして玉虫が媚薬になるかどうかを浅学にして知らないが、同じ鞘翅目に属する青斑猫のように、古くから芫青《げんせい》という名前で、正倉院の薬種二十一櫃献物帳に登録されている薬物もあることを思えば、あながち効果がまったくないこともないのではないかという気がする。まだ試してみたことはないけれども。

＊

玉虫と箱との関係を、ひきつづき自己流に考察してみたい。ただし、今度はちょっと目先を変えて、私自身の過去の経験を語るというスタイルになるだろうことをお断わりしておく。

私が旧制中学校のころ、といえば太平洋戦争たけなわのころであるが、級友に手先のやけに器用な少年がいて、いま彼をかりにKと呼んでおくことにしよう。玉虫といえば、私がつい反射的に箱のイメージを思い浮かべるようになってしまったのも、もしかしたら、このKとの交友のあいだに起ったエピソードのためかもしれないのである。

いまも書いたように、Kは手先がやけに器用だったから、当時、私たち中学生がひとしく熱中していた、飛行機や軍艦の模型をつくることに図抜けて長じていた。といっても、当時はまだプラスティックが実用に供せられていない時代だったから、したがってプラモデルなんてものもありえず、私たちはもっぱらソリッドモデル、すなわち木をけずって、紙やすりをかけて、セメダインで部分品を接着して、最後にラッカーを塗って完成させるところの、木製の飛行機や軍艦の模型をつくっていたのである。しかしKが好んで手がけるのは、それともいくらか違っていた。彼はミニアチュール専門で、マッチ箱にはいるような小さな戦闘機や爆撃機の模型をつくっていたのである。

毎朝、授業がはじまる前に、Kはポケットから一個のマッチ箱を大事そうにとり出す。マッチ箱をあける。そこには実物そっくりのメッサーシュミットやスピットファイヤーや、ボーイングB17やノースアメリカンB25がはいっている。あつまった級友たちのあいだから嘆声が洩れる。すげえなあ。うまいなあ。マッチ箱から双発双胴のロッキードP38が出てきたときには、彼らの嘆声はひときわ大きかったものだ。このマッチ箱のなかの飛行機の公開は、いつもきまって授業の前に、級友をあつめて儀式のように行われた。

どういうわけか、Kは私に好意を寄せていて、三回のうちに一回くらいは、その飛行機のミニアチュールを私にくれることがあった。私は嬉しかったが、ほかの級友の手前、ひどくばつが悪いような思いをしたことも事実である。だいたいKは無口で、普段はなにを考えているのかよく分らないようなところがあったのに、いざなにかを実行する段になると、妙に自信たっぷりで、相手に有無をいわせない。私はマッチ箱を押しつけられたかたちで、嬉しいよりも困惑したのである。そんなことが何度かあったようにおぼえている。

あれはもう戦局が日に日に悪化して、そろそろ本土の上空に敵機が飛来するようになっていたころだったろうか。そのころ私たちが勤労動員で通っていた板橋の合金工場で、Kがめずらしく、ポケットからとり出した例のマッチ箱を私にちらと見せたことがあった。しばらく休んでいた模型づくりを、またはじめたのかと私は思った。好きなこととはいえ、連日の燈火管制のもとで、よくまあ細かいことをやる気力があるものだなと思った。そのときはまわりにだれもいなかったが、Kはマッチ箱を私の掌に押しつけると、そそくさと立ち去った。

私があけてみると、マッチ箱から出てきたのはヘルキャットでもムスタングでもなくて、一匹の死んだ玉虫であった。

私はKの真意をはかりかねたが、もともと真意などは容易に他人に窺わせないような行動ばかりする男なので、さして気にもとめなかった。少なくとも飛行機のミニアチュールをもらうよりは、昆虫をもらうほうがずっと嬉しいと思った。それはそれだけの話である。ただ、この話には後日談めいたものがある。

四月十三日、本物のボーイングB29が東京の上空から焼夷弾を雨のように降らせて、私の家をめらめらと焼き、私の家の私の部屋の私の机の上にならんでいた、Kの手になるアメリカの飛行機のミニアチュールをも、ことごとく焼いてしまった。むろん、Kの家にあったはずの飛行機もことごとく焼けたことであろう。おろかにもアメリカ軍は一種の同士討ちを演じていたのである。

敗戦後、Kは関西地方のさる町の、あまり聞いたこともない私立のなんとか工業大学というのに入学し、そこをどうにか卒業すると、そのままその地方都市に住みついて、さるローカル放送の放送局に勤めるようになった。嫁さんも、その地方のひとをもらったようである。

戦争のあいだ勤労動員で苦労を共にしたせいか、私たちの中学のクラスは結束がかたく、敗戦の年に卒業してからも、よくクラス会をひらいては級友一同が寄りあつまることがある。遠くにいるのでKは一度も顔を出さないが、しばしば噂の種にはなる。その噂によると、Kは寝食を忘れ気違いみたいになって、玉虫の廚子を復原しようと躍起になっているので、嫁さんもあきれて、ついに逃げ出してしまったという。真偽は知らず、そういう噂がクラス会で取り沙汰されていたのだった。

いまから十年ばかり前、私はたまたま取材の必要があって、といってもただ美術館を見るというだけの取材であったが、Kの住んでいる関西の町へ行った。ホテルから放送局へ電話すると、意外に簡単にKの声を聞くことができた。むかしに変らぬ野ぶとい声だった。その夜、私たちはホテルのロビーで久闊を叙した。あれこれ級友の噂話をしてから、

「きみに関して、おかしな噂があるのを知っているかい。なんでも玉虫の廚子を復原しているそうじゃないか。」

努めてさりげなく切り出すと、Kは眉根を寄せて答えた。

「否定はしないが、復原というのは正しくないな。復原ではなくて、あれはおれの新作なんだよ。まあ、どちらでもよいが。」

それ以上話題にするのを好まないらしく、Kは逆に質問の鉾先を私に向けて、

「きみは文学者になったと聞いているが、どんなものを書いているのだ。小説か。」

「いや、小説なんか書かない。おれは人間関係というものが大きらいだから、小説にはぜんぜん向かないタイプなんだよ。ちょっと説明しにくいが、評論みたいなものかな。あるいはエッセーみたいなものかな。自分でもよく分らないようなジャンルのものを書いているよ。」

「それで、よく食っていけるな。」

「うん。そこはかとなく食っている。けっこう贅沢に生きているつもりだよ。」

「それは御同慶のいたりだ。」

それからKの案内で、その町の小料理屋だのバーだのを三軒か四軒まわってから、最後にふたたびホテルのバーにもどってくると、そのころには、普段は廻転のわるいKの舌もだいぶ滑りがよくなっていた。カウンターに両肘をついて、ジャック・ダニエルのグラスをなめながら、Kが意表なことをいい出した。

「おれはいま『参天台五臺山記』を読んでいる。」

「サンテンダイ……なんだい、そりゃ。」

「文学者のくせに知らないのか。いやはやどうも、あきれたものだな。成尋阿闍梨がシナへ渡ったときに書いた旅行記さ。」

「お恥ずかしいが、読んだことないな。成尋阿闍梨の母なら知っているがね。もろこしも天の下にぞ有りと聞く照る日の本を忘れざらなむ。これは戦争中の悪名高い愛国百人一首にも採用されていたからな。」

「記憶力だけは相変らずいいようだな。中学時代から抜群だったからな。」

「おれはなにも好んで愛国百人一首をおぼえたわけじゃない。子供の時分から小倉百人一首はぜんぶ暗記していたし、あのころ、ほかにおぼえるものがなに一つなかったから、やむをえず愛国百人一首も暗記してしまったんだ。しかし、一度おぼえたものは忘れるわけにはいかないから、始末がわるい。」

「弁解しなくてもいいさ。きみが軍国少年でなかったことは、おれがよく知っている。」

「ところで、話の腰を折ってしまったようだが、そのサンテンダイ……」

「うん。その成尋という坊主は、どうもおれの考えるところ、玉虫になったらしいのだな。死んだとき、その屍体が腐敗もせず、三日間も光りかがやいていたというから。」

「へえ。それは奇妙だ。」

「成尋は宋に渡って、玉虫になった坊主を実際に見たのだな。それで自分も、一念発起して、みごと玉虫と化して死んだようだ。もっとも『参天台五臺山記』には、そこまでは書かれていないがね。彼はついに日本には帰らずに、宋で死んだのだよ。おふくろさんを悲しがらせてね。」

　私はわるい癖で、つい相手の言葉を茶化すようなことを口ばしってしまう。

「一念発起すれば、だれでも玉虫になれるのかね。それならおれも、願わくは玉虫になって死にたいものだな。もっとも、マッチ箱に入れられるのはぞっとしないから、きみの新作の玉虫の厨子を飾るべく一翼を担わせてもらうとするか。それもいいだろう。」

　だんだん酔いがまわってきて、なにやら支離滅裂なことを私がいい出すようになると、Kはふたたび口が重くなった。彼の酒は私とちがって、酔いが重くからだのなかに沈澱する酒のようであった。

　不意に彼が立ちあがって、

「おい、もう帰るぞ。どうだ、見にくるか。」

「なにを。」

「おれの作品を。」

　私はそのことをすっかり忘れて、それまでいい気になってしゃべっていたのだが、彼の頭のなかでは、そのことがずっと途切れずに糸を引いていたらしかった。

「いや、遠慮しよう。いくらなんでも、おそいからな。それに明日、行くところもあるし。いや、明日じゃない、もう今日になっているよ。」

時計を見ると、すでに十二時をとっくに過ぎていた。

いまにして思えば、私はそのとき、無理をしてでもKの誘いを受けて、ぜひとも彼の作品とやらを見せてもらいに行くべきだった。それがどんな作品であったにしろ、私の心に必ずや、なにか印象的なものを触発したにちがいないと思われるからである。一期一会のチャンスをみずから棒にふるほど、私には差しせまった仕事など、そもそも最初から、なにもありはしなかったからである。

Kはそれから数年後に、四十いくつかで死んだということであった。

いまでもクラス会で、Kのことはたびたび仲間たちの話題になるが、彼が気違いみたいになって作ったとか作らなかったとかいう、例の玉虫の廚子の新作については、だれもこれを実際に見たものがないらしい。

私が読んでいなかったのでKからさんざん馬鹿にされた『参天台五臺山記』は、のちに私も必要に迫られてざっと目を通した。延久四年九月二十一日の項に、成尋が五台山巡礼の途次、泗州の普照王寺に参り、約三百五十年前に死んだ僧伽大師の真身塔を拝したことがくわしく述べられている。真身塔とは、小杉一雄氏の論文「肖像研究」によれば、中国で高僧の加漆肉身像（紵漆を加えられたミイラ）を安置しておくための特設の堂塔をいう。Kが玉虫といっていたのは、このことではないかと思う。

しかし私はそれよりも、成尋の臨終について述べた『続本朝往生伝』の文章を次に引用しておきたい。

「死に先だつこと七日、自ら命の尽きむことを知りて、衆を集めて念仏せり。日時違はずして、西に向ひて逝去せり。その頂上より光を放つこと三日、寺の中に安置するに、全身乱れず、今に存せり。膚に漆し金を鏤むるに、毛髪猶し生ひて、形質変ることなし。」

スカラベと蟬《せみ》

『博物誌』第十一巻第三十四章より引用する。

「ある種の虫においては、翅《はね》は外側をおおう鞘《さや》によって保護されている。たとえばスカラベのような虫がそれだ。これらの虫においては、翅は薄くて折れやすい。針はないが、大型の種類には非常に長い角があって、角の先端は二股に分岐して鋸歯《のこは》状をなしているから、これを自由に開閉して物をはさむことができる。これらの虫は護符として子どもの首に吊るされる。ニギディウスはこれらの種類をルカニア（イタリア南部の地方）の牛と称した。また別の種類のスカラベは後ずさりしながら足で巨大な糞の球を押しころがすが、この球の中には彼らの産みつけた卵から孵った幼虫が巣ごもって、きびしい冬をすごすのである。また別の種類はぶんぶん羽音を立てたり、きいきい鳴いたりしながら飛びまわる。夜、ちくちく音を立てながら、暖炉や壁に多くの穴をあける種類もある。ランピュリデス（ギリシア語で尻光りの意）は夜、腹部と尻から光を発して、まるで火のように光る。翅をひろげれば光り、翅を閉じれば暗くなる。これとは反対に、ゴキブリは暗闇の中で食ったり生きたりしている。彼らは光を避け、とくにじめじめした暖かい浴場などで繁殖する。同じ種類の金色をした非常に大きなスカラベは、乾いた地面を掘って、小さな多孔性の海綿に似た巣をつくり、そこに有毒の蜜をたくわえる。トラキアのオリュントスの近くに、この虫だけが生きていられない小さな地域があり、そのためにそこはカンタロレトロス（コガネムシ殺し）と呼ばれている」

スカラベといえば古代エジプト人が神聖視した、いわゆるスカラベウス・サケル（神聖コガネムシ、つまりタマオシコガネ）を思い出すが、ここでは甲虫、すなわち鞘翅目の昆虫一般をさすものと思っていただきたい。プリニウスはここで、七種類のスカラベをずらずら列挙している。一つ一つ日本語名に直してみよう。

まず、二股の長い角がある大型のスカラベというのは、明らかにクワガタムシのことであろう。それがルカニアの牛と呼ばれたのは、長い彎曲した角が牛の角のように見えたからにほかなるまい。現在でもフランス語でルカーヌといえばクワガタムシのことである。フランス語ではまた、同じ虫を「飛ぶ鹿」とも称する。

次に出てくる「糞の球を押しころがす」スカラベというのは、まさしく古代エジプト人が永遠の生命の象徴と見たタマオシコガネであろう。これについては拙著『幻想博物誌』に略述したから、ここでは繰りかえさないでおこう。

ぶんぶんきいきい鳴きながら飛びまわるスカラベというのは、コフキコガネあるいはセンチコガネの仲間であろうし、室内の家具や壁に穴をあけるスカラベというのは、英語名デス・ウォッチ・ビートルを直訳したシバンムシ（死番虫）と日本で呼ばれている小甲虫であろう。

尻光りというのは、アリストテレスの『動物誌』にもしばしば出てくるツチボタルのことである。もっとも、ツチボタルという種類があるわけではなく、翅が退化して飛べなくなった雌の成虫や、発光する幼虫をさして俗にツチボタルといっているらしい。ラテン語ではキキンデラといった。これも光る虫という意味である。十九世紀の小ロマン派に属する詩人グザヴィエ・フォルヌレは「草むらのダイヤモンド」という美しい隠喩を用いている。プリニウスは『博物誌』第十八巻第六十六章にも、このツチボタルについて次のように書いている。

「この時期（寒い季節）が終ったら、アワとキビを播かねばならぬ。大麦の実ったときに播くのがよい。ありがたいことに、大麦が実ってアワとキビの播種期が近づくと、それを告げる徴候があらわれる。それは夕暮れに畑で光っているキキンデラだ。ギリシア人がランピュリデスと呼んだ、星のように光りながら飛ぶ虫を、土地の百姓はキキンデラと呼んだのだった。自然の信じがたいほどの親切さに、私たちは感謝しなければならぬだろう」

次に出てくるゴキブリについては説明するまでもあるまいが、最後の「金色をした非常に大きなスカラベ」というのは、いったいどんな甲虫にあたるのか、ちょっと判断に苦しむような種類のものだ。仏訳本の註には、おそらくコフキコガネの仲間であろうと書いてあるが、あまり自信はなさそうである。オリュントスはギリシア北部、マケドニアのカルキディキ半島にあった古代都市であるが、その近くに、この虫だけが棲息しえない地域があるというのはおもしろい。虫を殺す有毒ガスでも発生しているのだろうか。プリニウスは理由を書いていないので、ますます神秘的な感じがする。

さて、甲虫につづいてセミの部分を引用してみよう。同じく第十一巻の第三十二章である。

「セミには二つの種類がある。一つは小さく、最初にあらわれて最後に死ぬほうであり、彼らは鳴かない。彼らに遅れて、もう一つの歌うセミが飛びまわり出すが、これはアケタス（鳴きゼミ）と呼ばれている。小さいほうはテッティゴニオン（小ゼミ）で、大きいほうがよく鳴くのだ。しかし二つの種類とも、鳴くのはもっぱら雄のほうで、雌はだんまりである。東洋人はセミを食う。豊かな暮らしをしているパルティア人さえ、セミを食うという。交尾をする前の雄がうまいらしく、雌は交尾後、白い卵をもったところが好まれる。セミの交尾は腹と腹とを接して行われる。彼らは背中にきわめて鋭い突起をもっていて、それで地中に子のための穴を掘る。産まれた子は最初は蛆のようであるが、やがて成長するとテッティゴメトラ（セミの母）と呼ばれるものになり、夏至のころ、きまって夜のあいだに殻をやぶって飛び立ってしまう。この脱皮したばかりのセミは黒くて硬い」

この部分、例によってアリストテレスに依拠したところが多いが、東洋人にはセミを食う習慣があるなどと、どこに典拠があるのか分らないようなエピソードをさりげなく挿入したりしている点などは、いかにもプリニウスらしいといえるだろう。第三十二章のつづきを引用しよう。

「すべての生きものの中で、口のない生きものはセミだけである。セミは口のかわりに、舌に似た長い針のようなものをもっている。この器官は胸部にあって、露をなめるのに役立つ。セミの胸部は中空になっている。のちに述べるように、アケタスはこの部分で鳴くのである。その他の部分、つまり腹部には何もない。セミは追い立てられると、水のような液体を出して飛び去るが、これこそ彼らが露を吸って生きているということの何よりの証拠であろう。セミはまた、糞を排出するための穴をもっていない唯一の生きものである。セミは視力が極端に弱いので、ひとが指の先を曲げたりのばしたりしながら近づけると、彼らはそれを動いている樹の葉だと思って、指の上に飛び移ってくる。あるひとびとはセミを二つの種類に分けている。一つは新芽ゼミで、大きいほうである。もう一つは小麦ゼミで、燕麦ゼミとも呼ばれる。実際、彼らは穀物が黄色くなるころに出現するのだ。セミは樹があまり生えていないところには生育しない。だからキュレネ（アフリカ北岸のギリシア植民市）でも町の周囲にしか見つからない。平野とか寒い森とか、蔭の深いところにもいない。セミはまた、その棲んでいる場所によっても相違がある。たとえばミレトス地方（小アジアのエーゲ海沿岸地方）では、わずかな場所に生育するのみである。ケパレニア島（イオニア諸島中最大の島）では、河の一方の岸には多いが他方の岸には少ない。レッジョ（南イタリアの町）地方では、すべてのセミがだんまりであるが、河の向うのロクリ（やはり南イタリアの町）地方へ行けば、さかんにセミが鳴いている。セミの翅は蜜蜂の翅によく似ているが、形が大きいだけに翅も大きい」

この部分、やはりアリストテレスを適当にアレンジしながら構成した文章だと考えてよいだろう。セミは実際には樹皮に口針をさしこんで樹液を吸うのだが、アリストテレスをもふくめた古代人の一致した見解では、もっぱら露を吸うということになっていた。また、アリストテレスは「セミの胃の中には排出物がない」と書いているだけなのに、プリニウスは大胆にも「糞を排出するための穴がない」と書く。勇み足というべきだろう。新芽ゼミとか小麦ゼミとかいった分類もプリニウス独特のもので、これはたぶんセミの出現する時期による分類であろう。新芽ゼミは春ゼミ、小麦ゼミは秋ゼミというわけだ。

セミの発音器についてふれながら、プリニウスはのちに再説することを約束しているが、その部分は同じ巻の第百十二章にある。しかしこれもすべてアリストテレスの完全な受け売りだから、わざわざここに引用するまでもあるまい。アリストテレスに依拠しながらも、プリニウスらしいスタイルの出ている部分はないかと探してみた結果、私は短い第三十七章を引用する気になった。虫の発生の問題を扱った部分である。

「多くの虫がさまざまな仕方で誕生する。とくに露から生まれることがある。すなわち春の初め、キャベツの葉の上におりた露が、太陽の熱で凝縮されて、粟粒ほどの大きさに収縮する。すると、そこから一匹の小さな蛆が出てくる。これが成長して、三日もすると毛虫になる。その毛虫も日を追って大きくなり、やがて堅い殻でおおわれ、じっと動かなくなる。手でさわらなければ動かない。繭と呼ばれる一種のクモの巣につつまれたわけだ。次に殻が割れて、そこから一羽の蝶が飛び立つのである」

むろん、これもアリストテレスの受け売りにはちがいないのだが、こういうふうに短くまとめると、独特のプリニウスらしさが出てくるのに気づかざるをえない。モンシロチョウも、もって瞑すべきであろう。次の第三十八章も同じような調子のものである。つづけて引用しよう。

「ある種の虫は同じようにして地上にたまった雨水から生まれる。また材木の中から生まれるものもある。衣蛾も材木から生まれるし、アブも材木から生まれる。また、おびただしく湿気をおびた場所ならどこからでも生まれてくるという虫があり、そうかと思うと、人間の体内で生まれて、全長三十歩尺、ときにはそれ以上にも成長するサナダムシのような虫がある」

つづけて次の第三十九章を引用しよう。これも同じような調子である。

「死んだ人間の肉の中で生まれる虫もあれば、生きた人間の肉の中で生まれる虫もあり、さらには人間の髪の毛から発生する虫もある。執政官スラや、もっとも著名なギリシア詩人のひとりアルクマンが死んだのは、この恐ろしい病気のためだった。この虫は鳥の体内に湧くこともあり、キジが砂浴びするのを怠ったりすると、これを死にいたらしめることもある。毛のある動物の中で、ロバとヒツジは、この虫の害からまぬがれていると考えられる唯一の動物である。この虫はまた、ある種の布、とくにオオカミに殺されたヒツジの毛で織られた布の中から発生する。また私が読んだ権威ある本によれば、私たちが水浴する水の中からは、とりわけこの種の虫が湧きやすいとあった。蠟の中からさえ、あらゆる動物の中で最小と見られている動物が発生するのだから、それも別に驚くほどのことではなかろう。また別の虫は太陽に乾かされた汚物から生まれる。後肢で軽快に跳ぶので、この虫はペタウリステス（ギリシア語で曲芸師の意）と呼ばれている。洞窟のじめじめした塵埃から生まれる虫もあり、彼らには翅がある」

ここには虫の名前が明記されていないが、前半で言及されている虫がシラミであることはすぐ分るだろう。古代人はプテイリアシス（しらみ症）という恐ろしい病気があって、それで人間が死ぬのだと本気で信じていたから、彼らのシラミに対する恐怖には現代人以上のものがあった。プルタルコス『対比列伝』中のスラの項を見ると、昔からシラミに食われて死んだと伝えられるひとびとの名前が六人ばかり列記されている。この病気にかかると、内臓が膿をもち肉が腐って、ことごとくシラミに変ずるといわれた。むろん、こんな病気が現実にあるはずはないので、古代人にとっては一種のエイズみたいなものだったのかもしれない。プリニウスは『博物誌』第七巻第四十三章で、栄光のきわみにあった幸運のひとスラが、その生涯の最後に、肉が腐ってゆく難病にとりつかれたことの不幸をつくづく嘆いている。

第三十九章の後半で言及されている虫は、これも容易にお分りの通り、ダニとかノミとかいった小さな虫である。顕微鏡が発明されるまで、ダニは長いこと世界最小の生きものとしてのタイトルを守っていたので、パスカルとかシラノとかいった十七世紀の思想家によって、しばしば宇宙の広大さを説明するために援用された。プリニウスも第四十一章でダニにふれているから、その一部を次に引用しておく。

「羊毛や織物の中の塵埃もまた、ダニを発生せしめる。とくにクモがいっしょに閉じこめられている場合に、それが多い。クモは水分を求め、あらゆる湿気を吸って乾かすからである。ダニはまたパピルスの中でも生ずる」

ちなみにいえば、プリニウスの『博物誌』も最初は蠟びきの書板（タブラ）に書かれ、次いで書記の手でパピルスに浄書されていたのだった。パピルスは彼にとって親しいものだったはずである。

毛虫と蝶

ガガイモという草の実の殻で作った船に乗り、蛾《ひむし》の皮を剝いで作った着物を着て、ひょっこり出雲の海岸に漂着すると、その地の支配者たるオオクニヌシの片腕となって、出雲の国造りに協力し、やがて役目を果したと見ると、一本の粟《あわ》の茎によじのぼり、茎に弾《はじ》かれて常世《とこよ》の国に飛んで行ったという小人の神、スクナビコナは、幼時から私にとって、多くの神々の登場する日本神話のなかでも、最も気に入っている神であった。

どうして気に入っているのかと言えば、虫の皮を着ている小人の神というイメージが、何とも童話的で、私の好みにぴったりであるし、あらゆる世界の神話のなかでも、ユニークな地位を占めるのではないかと思われたからである。

従来、このスクナビコナという神は、多くの神話学者や民俗学者によって、オオクニヌシのアルテル・エゴ（第二の自我）としての霊魂であるとか、異郷からの神聖な訪問者（つまり「まれびと」）であるとか、あるいは当時の農耕文化を背景とした一種の穀霊であるとか、さまざまに解釈されてきたようであるが、私は最近、国文学者の益田勝実氏による新解釈（「講座古代学」所収「古代の想像力」）によって、文字通り、目から鱗の落ちる思いを味わわされた。胸がすっとするような快感を味わった、と言ってもよい。

『日本書紀』の記述によると、大化の改新の前年、東国の富士川のほとりで、常世の神と称して、橘《たちばな》の樹に宿る虫を祭ることが大流行し、それが西上して都にまで及んだというが、益田氏の仮説では、この橘の樹の小さな虫神こそ、ほかならぬスクナビコナと同一の神であろう、というのである。

虫を祭るとは、いかにも奇妙な信仰だと思われるかもしれないが、芋虫あるいは毛虫のメタモルフォーシス（変態）は、古代人にとって、驚異の念を呼び起すものだったにちがいなく、この感情はヨーロッパでも共通に認められるところのものだ。すなわち、毛虫から蛹になり、やがて繭を破って羽化し、美しい成虫となって天空に飛び立ってゆく虫の変身の過程は、それ自体が一つの神秘だったわけである。

橘の樹と常世の国とが、しっかり結びついたイメージであったということは、あの名高い田道間守《たじまもり》の伝説によっても容易に窺い知れるだろう。だから、常世の国の植物である橘に宿る虫が、そのまま常世の神と考えられるようになったとしても不思議はあるまい。『日本書紀』によると、この虫は長さ四寸あまり、大きさ親指ほど、色は緑で黒い斑点があり、形はカイコに似ていたという。

このように、スクナビコナを虫神とする仮説を認めるならば、この神が最後に粟の茎によじのぼって、弾かれて常世の国に渡ったという伝承も、要するに毛虫が植物の茎に這いあがって、羽化して飛び立ったというイメージとぴったり符合することになり、まことにすっきりと割り切れた思いがするだろう。必ずしも従来の説が間違っているというわけではないけれども、益田氏の新説のメリットは、何よりも、このすっきりした具象性にあるように思われる。神の原型として動物のイメージを持ってきた点が、殊のほか秀逸なのである。

ところで、古代日本よりほかには、世界広しといえども、まさか芋虫あるいは毛虫を神と見る信仰はあるまいと思われるが、ちょっと見方を変えて、毛虫でなくて蝶を考えてみるならば、必ずしもその例がないとは言えないようだ。

ギリシア神話のプシュケは、霊魂を擬人化した美少女であり、しばしば蝶の姿によって、もしくは蝶の翅をもった少女の姿によって表現されるのである。このテーマは非常に古く、紀元前六世紀のコリントスのブロンズ像や、二世紀のテラコッタ像にも見られるし、さらにポンペイの壁画にも見られる。相手の青年エロスが鳥の翼を生やしているのに対して、プシュケの方は、よく見ると昆虫の翅をしているのだ。

ヨーロッパの場合も、蝶のシンボリズムは、明らかにメタモルフォーシスに基礎を置いているらしい。繭は卵であり、暗黒の卵のなかには存在の可能性が含まれており、繭を破り光を求め外へ出る虫は、復活のシンボルなのである。いわば一度死んで、ふたたび生き返って墓から出てゆくようなものだろう。いかにも新プラトン派の哲学者の喜びそうな、ピュタゴラス的輪廻思想の匂いもする。つまり、霊魂（プシュケ）はその衰えた力を回復し、違った形で生き返るためには、これを浄化する愛（エロス）の焔に一度は焼かれなければならない、という思想である。

蝶の翅を焔で焼かれるプシュケの主題は、こうして古代において、復活と転生の象徴として、あらゆる造形美術にひろく利用されていたらしく、のちにキリスト教が登場するようになってからも、たとえばカタコンベの壁や石棺に描かれたり刻まれたりしていた。アラビアの神秘主義のスーフィー派の詩においても、焼かれた蝶は「ファナー」、つまり神と合一して、自我滅却の境地に達した人間のイメージを表しているのである。

もっとも、キリスト教は十一世紀以後、プシュケの姿をあまりに異教的と判断したらしく、蝶の翅のイメージを天使のそれと結びつけてしまう。ロマネスクの彫刻で、蝶の翅を生やした奇妙な天使の姿を私たちは見ることができる。こうなると、霊魂の擬人化としての蝶そのもののイメージは、すでに死んだと言ってもよいだろう。

復活のシンボルとしての昆虫ということを考えると、私はただちに、古代エジプト人の尊崇した神聖甲虫《スカラベ》や、中国の秦漢時代に用いられた含蟬《がんせん》の例を思い出さずにはいられない。含蟬は葬玉、つまり死体につけて葬った玉器の一種で、死者の口にふくませるものである。蟬の幼虫のぬけ変り、つまり蟬脱《せんだつ》ということから、復活再生の願いをこめたのであろう。秦漢以後には、また蛹から成虫になるカイコを、しばしば復活呪術のために墓中に入れたという。本物のカイコを使う場合もあるが、古くは玉製のカイコを使った。エジプトでも、本物のスカラベか、あるいは石で刻まれたスカラベが墓中に安置された。頭部の突起が太陽光線を思わせるので、この虫は太陽の象徴、不死の象徴だったのである。

インド思想、とくにウパニシャッドにおいて、毛虫が輪廻の一局面を象徴するものと見なされていたことも、ここで指摘しておくべきだろう。申すまでもなく、幼虫・毛虫・繭・成虫と順次に変化する過程が、霊魂が人間にだけでなく、他の動物や植物にも転生することを暗示するからである。もっとも、輪廻からの解脱をひたすら求めるインド人には、復活や再生のシンボルは必要ではなかったかもしれない。

プリニウスは例によって、「蝶は露から生まれる」という奇妙な意見を述べている。『博物誌』第十一巻三十七章を次に引用してみよう。

「春の初め、キャベツの葉の上におりた露が、太陽の熱で凝縮されて、粟粒ほどの大きさに収縮する。すると、そこから一匹の小さな虫が出てくる。これが伸びて、三日もすると毛虫になる。この毛虫も日を追って大きくなり、堅い殻につつまれ、動かなくなる。手でさわらなければ動かない。繭と呼ばれる一種の蜘蛛の巣につつまれたわけだ。次に殻が割れて、そこから一羽の蝶が飛び立つのである。」

プリニウスの叙述は淡々としているが、私には、昆虫の変態に驚異の目をそそいだ、古代人の詩的夢想がそこに凝縮しているような気がしてならない。

私はこれまで、蝶と蛾とをまったく区別せずに用いてきたが、ドイツ語やフランス語では、両者のあいだに表現上の区別はなく、動物学的に見ても、要するに昼間活動するのが蝶で、夜活動するのが蛾という以外には、本質的な相違はないのだということを述べておきたい。もちろん、触角や翅のたたみ方に相違はあるが、少なくとも両者は対立する対等のグループではないのである。独仏語では、蛾を「夜の蝶」と呼び、スズメ蛾のような巨大な蛾を、非業の死をとげた人間の霊魂と見なしている。日本では、バーの女を「夜の蝶」と称する。これも昼間は醜い毛虫であったのが、夜になって美しい蝶に変身したのかもしれない。

蟻の伝説

イギリス十七世紀の文人トマス・ブラウン卿は当代随一のスタイリストであり、私の最も好きなエッセイストのひとりだが、彼の『医者の宗教』という本の第十五章に、次のような面白い言葉がある。

「『自然は無駄なことを何一つしない』これが哲学における唯一の明白な公理である。自然界にはグロテスクなものは一つもないし、空虚な部分や無駄な空間を満たすべく作られたものは何もない。最も不完全な生きもの、たとえノアの箱舟のなかに保護されなかった生きものにしても、その種子と本質を自然の胎内に残し、太陽の光のあまねく照る地上に存在している生きものであるならば、そこに神の手の知恵を見出すことはできる。ソロモンが崇拝の対象として選んだのも、この種の動物である。実際、いかなる理性が蜂や蟻や蜘蛛の知恵に学ばないでいられようか。いかなる賢明な手がこれらの動物に、理性さえ私たちに教えられないような事柄をなすように教えるのだろうか。粗野な頭の持主は自然の不思議、すなわち鯨や象や駱駝に驚嘆する。これらは、私も認めるが、自然の手になる巨像であり大作である。しかし前者の小さな機関にこそ、より珍しい数学がひそんでいるのであり、前者の小さな市民たちの文明こそ、その創造者の知恵をより純粋に証明しているのである。ひとはレギオモンタヌスの製作した鷲よりも、その蠅の方をさらに賞讃しないだろうか。」

長々と引用してきたが、この文章を読むと、当時の時代精神を反映して、パスカルとともに無限の宇宙を畏怖していたブラウンが、いかに自然を愛し、自然のなかの小さなものに惹きつけられていたかということがよく分る。鯨や象や駱駝のように馬鹿馬鹿しく巨大な動物よりも、彼にとっては、蜂や蟻や蜘蛛のように、小さいながら精巧なメカニズムを思わせる動物の方が、はるかに好ましかったらしいのである。

ちなみに、ブラウンの文章の最後に出てくるレギオモンタヌスとは、十五世紀ドイツの機械学者で、メカニズムで動くいろんな動物を製作したが、とくにその鷲は有名で、彼はこれを皇帝マクシミリアンの前で飛ばせてみせたという。また鉄の蠅を作ったが、この微細な昆虫はぶんぶん羽音を立てて飛びまわると、ふたたび彼の手の中にもどってきたという。いわばリモート・コントロールの元祖だったわけだ。

さて、ブラウンの好きな小さな動物、ここでは、とくに蟻について述べよう。私も昆虫のなかでは、何よりも蟻が好きなのである。

蟻がその集団行動と絶えざる労働とによって、昔から、組織された社会生活のシンボルとなっていることは誰でも知っていよう。勤勉とか、貯蓄とか、予見の能力とか、さらにはエゴイズムとか欲ばりとかのアレゴリーになっているほどである。キリスト教では、すでに古くソロモンの箴言（第六章）に「惰者《おこたるもの》よ、蟻にゆき其為すところを観《み》て智慧をえよ」という言葉があり、中世の動物誌でも、おしなべて蟻は知恵のある動物ということになっている。キケローもプルタルコスも、蟻の美徳や知性を認めている。

ギリシア神話では、ミュルミドン人（蟻の民の意）の由来が私には面白い。ゼウスと水精アイギーナとのあいだに生まれたギリシアの英雄アイアコスが、その母の名をもったサロニカ湾中のアイギーナ島にやってくると、島は疫病のため住民が全滅している。そこで彼は神々に頼んで、この島におびただしく住んでいる蟻を人間に変えてもらい、これを臣下として島を治めたのである。この蟻人間がミュルミドン人であり、彼らはアキレウスに従って、のちにはトロイアにも遠征している。

さらに面白いのは、このミュルミドン人の娘クレイトリスのエピソードであろう。クレイトリスはあんまり小さな娘だったので、好色のゼウスは彼女を誘惑するために、蟻の姿に変身しなければならなかった。ゼウスがレダを誘惑するために白鳥に変身したり、エウロペーを手に入れるために牡牛に変身したりしたことは、よく知られているが、蟻にまで変身したことはあまり知られていないようである。ところで、このギリシア語のクレイトリスは、私たちの使っている現代語に直せば、すなわちクリトリス（陰核）である。蟻とクリトリス、これは性心理学的分析のテーマとして絶好であろう。

前にも述べたが、アキレウスはミュルミドン人たちの王として、彼らをひきつれてトロイアに遠征したのだった。アキレウスの弱点は、周知のように踵にある。ところで、ラ・フォンテーヌの寓話においても、蟻は鳩を救うために、鉄砲をかまえた猟師の踵を嚙むのである。蟻と踵、もしかしたら、これも精神分析のテーマになるかもしれない。

トマス・ブラウンは「小さな機関」としての蟻を心から賞讃したのだったが、人間の想像力というものは、必ずしも小さなものを小さなままにしておくことには満足しないもののようで、なかには、大きな蟻というものを空想したひともあったらしい。大きな蟻とは、いわば形容矛盾であるが、そういう矛盾した存在を考え出さずにいられないのが、どうやら人間の想像力の一筋縄ではいかないところなのである。

インドに棲むという大蟻の伝説は、ギリシアの歴史家ヘロドトス以来、ソリヌス、プリニウス、ストラボンなどといった博物学者によって語り継がれた。ここでは、プリニウスの『博物誌』(第十一巻第三十六章)から引用しておこう。

「ダルダエと呼ばれる北方インド人の国(今日のダルディスタン付近らしい)では、蟻が地中から金を掘り出し、穴のなかに運びこむ。この蟻は猫の色をしていて、エジプト狼ほどの大きさである。蟻が冬のあいだ掘った金を、インド人は暑い夏の候、炎熱を避けて蟻が巣の中にひそんでいる時を見はからって、盗もうとする。しかし臭いをかぎつけた蟻はすぐに追ってくるから、脚の速い駱駝に乗って逃げたとしても、追いつかれて嚙み殺されてしまうことがある。それほど蟻は脚が速く、兇暴で、しかも金が大好きなのである。」

ヘロドトスの記述は少し違っていて、この蟻は「犬より小さいが狐より大きい」という。いずれにしても、怪物のように巨大な蟻だ。学者たちの説によると、実際は蟻ではなくて、やはり地中に巣をつくる貂とかモルモットとかいった動物が、誤って蟻としてヨーロッパに伝えられたのであろうという。

一方、地中の金を掘る蟻の伝説は、インドの叙事詩『マハー・バーラタ』などで、砂金や塊金がパイッピリカ、すなわち「蟻の金」と呼ばれているところから生じたのではないか、と考えられているようだ。

蟻に関しては、まだまだ奇怪なことがある。たとえば中世の動物誌に出てくるミュルメコレオンというやつだ。

ギリシア語でミュルメクスは蟻、レオンは獅子であるから、蟻獅子とでも呼べばよいかもしれない。アレクサンドレイア時代の博物誌である『フィシオログス』には、「ミュルメコレオンの父は獅子の形、母は蟻の形をしている。父は肉を食い、母は草を食う。そして彼らは蟻獅子を生むが、この子供は父と母の合いの子で、身体の前半分が獅子、後半分が蟻の形をしているため、父のように肉を食うこともできず、母のように草を食うこともできない。そこで飢え死するのである」とある。

何とも気の毒な怪獣もあればあるものだが、ひるがえって考えてみれば、牝馬と牡驢馬の合いの子である騾馬なども、やはり生殖力がなく、一代限りで滅びてしまうというから、これが合いの子の悲しい宿命なのかもしれない。

さらにフローベールの『聖アントワヌの誘惑』では、ミュルメコレオンは「前半分が獅子で後半分が蟻で、生殖器がさかさまに付いている」ということになっている。いったい、これはどうなっているのであろう。

最後に一言、一般にヨーロッパの言語では、蟻獅子といえば昆虫のウスバカゲロウ、あるいはその幼虫である蟻地獄を意味するのだ。この実在の昆虫と、空想上の怪獣としてのミュルメコレオンとは、どんな関係にあるのだろうか。私にはさっぱり分らない。

蟻地獄

去年の夏ごろ、私は一匹のアリジゴクを飼っていた。日かげの地面に、すり鉢状の穴をつくるウスバカゲロウの幼虫、アリジゴクについては誰でも知っていよう。私はべつだん、ファーブルを気取るわけではないが、私のアリジゴク飼育の観察記録を書いておきたいのである。

私のように、つねづね自分のエッセーのなかで、ともすれば抽象的になりがちな思考の運動や論理の筋道を追っていると、ときどき、無性に描写ということをやってみたくなる。目に見えるものを、価値判断や解釈を混じえずに、そのままペンによって再現してみたくなるのである。アリジゴクに関する記述は、おそらく、そういった私の渇を癒してくれるものになるにちがいない。

北鎌倉の円覚寺の裏山につづく私の家の玄関の前には、古いヤグラがある。ヤグラは谷倉とも書き、鎌倉石の山腹を横穴式にくり抜いた、鎌倉時代の一種の墓である。戦争中は防空壕に利用されたりして、見る影もなくなってしまったものも多いが、私の家の前のヤグラは今でも使用されていて、この土地に古くから住んでいるTさんの家の墓所になっている。Tさんの先祖は、円覚寺を開いた宋僧無学祖元とともに中国から渡ってきた寺大工だったという。今から七百年前の話だ。

去年の八月ごろ、盛夏の候だったと思うが、このヤグラの前にぼんやり立って、磨滅した五輪塔や供養塔などを眺めていると、その下の乾燥した砂地に、直径三センチばかりのすり鉢状の穴が三つ四つ、ぽこぽこあいているのに私は気がついた。子供のころ、よく縁の下などに見かけたおぼえがあるので、それがアリジゴクの穴であることはすぐ分った。

私は、ふと気まぐれを起して、庭から小さなシャベルをもってくると、穴全体を地面からえぐり取るようにして、すばやく土をすくい取り、石の上に土をひろげて、虫はいないかと探してみた。見つかった。日の当るところへ急にひきずり出された虫は、じっと死んだふりをしていた。一センチばかりの小さなやつで、楕円形の体軀に剛毛のはえた、かなりグロテスクな外観である。頭の先から突き出た大きな二本の口器は、兜の鍬形のようである。

私は口の広いガラス瓶に、半分ほど土を満たしてから、虫をつまんで、ガラス瓶のなかへほうりこんでおいた。瓶は部屋の隅の暗いところへ置いた。見ていると、いつまでたっても虫は動かない。

「見ていてはいけないのだな。こいつ、意外に恥ずかしがり屋なのかもしれない」と思って、瓶のそばを離れ、ソファーにひっくり返って、忘れたように雑誌か何か読んでいると、やがてピン、ピン、ピン……と、かすかな音が聞えてくるのに私は気がついた。

そっと瓶に近づいて眺めると、すでに浅い穴が半分ほど出来あがっている。その穴の中心で、虫は腕のような二本の口器を力いっぱい働かせて、粗い砂粒をはじき飛ばしているのである。勢いよくはじき飛ばされた砂粒がガラスの壁にあたって、ピン、ピン、ピン……と小さな音を立てているのだった。砂をはじき飛ばしながら、虫は後じさりして、輪を描くように徐々に砂中にもぐってゆく。

あとで知ったことだが、アリジゴクはじつに綺麗好きで、自分の穴が少しでも乱されたり、穴のなかに虫の死骸や粗い砂粒がはいりこんだりすると、すぐ二本の口器で邪魔な夾雑物をはさんで、これを穴の外へはじき出そうと懸命になるのである。小さな身体の割に、ずいぶん力が強いように見受けられた。

穴が完成すると、アリジゴクはダンテの『地獄篇』の悪魔ルチフェロのように、すり鉢状の穴の中心にもぐりこんで身をひそめ、二本の口器だけを砂中から出して待機している。私は庭から何匹も蟻をつかまえてきては、ガラス瓶のなかへ放してやった。蟻が足を踏みはずして、穴のなかへずるずると落ちかかると、アリジゴクはさっそく下から猛然と砂をはねあげる。ただ蟻が落ちてくるのをじっと待っているだけでなく、頭から砂を浴びせかけて、蟻の心理（？）を攪乱してやろうとでも目論んでいるかのごとくである。本能とはいえ、なかなかもって知能的な行動をするものだな、と私はいたく感心した。これはどうも、やはりダンテの悪魔に近いのかもしれない。

二本の口器で蟻をがっちり捕捉すると、アリジゴクはたちまち蟻の体液を吸ってしまうらしい。吸ってしまっても、すぐには死骸を放さない。からからになった蟻の死骸をもてあそぶかのように、二本の口器のあいだで、いつまでも引っくり返したりひねくりまわしたりしているのだ。まるで獲物に酔って、陶然と浮かれているのでもあるかのようである。

しかしちょっと目を離していると、いつの間にか、蟻の死骸は穴の外へほうり出されている。砂の乱れた穴は、また元のように、きちんと整えられている。そうして相変らず、二本の口器を砂中から突き出して、アリジゴクは次の獲物の到来をじっと辛抱強く待っているのだ。

アリジゴクは英語ではアント・ライオン、フランス語ではフルミ・リオン、ドイツ語ではアーマイゼン・レーヴェ、ギリシア語ではミュルメコレオンと言い、文字通りに訳せば蟻獅子である。ヨーロッパ中世の動物誌には、蟻とライオンの合の子である、蟻獅子という名の怪獣に関する記述もある。実際、剛毛と疣のある背中を高く盛りあがらせたアリジゴクの怪異な姿には、虫眼鏡で眺めると、あの地質時代の恐龍の一種であるアンキロサウルスを思わせるところがあり、かつてそれが怪獣と同一視されていたのも無理はないという気がするほどだ。

しかし、それよりも私にとって面白いのは、このウスバカゲロウの幼虫が決して前方に進まず、つねに螺旋を描きながら後じさりするという習性である。岡山でアリジゴクがコマコマと呼ばれるのは、コマのように回転するためではないか、とも言われている。柳田國男は「蟻地獄と子供」という文章で、日本各地におけるアリジゴクの異名を列挙し、これに一つ一つ自分なりの解釈をつけたが、どういうわけか、この回転するという習性については少しも言及しなかった。もしかしたら知らなかったのかもしれない。

後じさりしながら旋回するという傾向があるのは、どうもこの虫が、ウスバカゲロウに成長するのを好まず、いつまでも穴のなかでぬくぬくしていたいという、退行願望をいだいているためではなかろうか。私には、そんな気がしてならないのである。

エッセーの最後に、何か結論めいたことをつけ加えなければならないと考えるのは、たぶん私の悪い癖であろう。私は、私のアリジゴク飼育の観察記録を、あくまでも一つの記録として提出しておこう。ちなみに、私のアリジゴクは一週間ばかり生きていて、それから急に死んでしまった。

蠅とエメラルド

一条兼良《いちじょうかねら》の『東斎随筆《とうさいずいひつ》』にふくまれる七十七話のエピソードは、国文学者の研究によると、ほとんどすべて何らかの先行文献に基づいたものだそうだ。私たちが漫然と目を通してみても、そのことは或る程度までは察せられて、「あ、これはどこかで見たおぼえがあるぞ」と思うようなものがずいぶんある。そういったエピソードは大抵、『古事談』とか『十訓抄』とか『大鏡』とかいった文献に出典を求めることができるらしい。

そのなかで、学者の努力をもってしても出典を明確になし得ないもの、そればかりか同話や類話のたぐいをも発見し得ないものが、一つだけある。いや、べつに変ったお話ではない。鳥獣類という項に分類された、ごく短い次のごときエピソードである。

「延喜聖主御衣の上に蠅の一居たりけるを御覧じて。仰られて云。世こそ無下に陵遲しにけれ。我運も亦末に成にけり。かくはなかりしものをとなん。」

まったくつまらないお話である。着物に蠅が一匹とまっていたからといって、何もそう大げさに悲観することもないではないか、と言いたくもなる。この天皇には、一匹の蠅が世界滅亡の予兆のように見えたとでもいうのだろうか。

たしかに蠅は腐敗を好み、悪疫を運び、いたるところに病菌をまき散らす昆虫であり、ゾロアスター教やユダヤ教では、悪魔の化身のように見られていたこともないわけではないらしいが、そんなに清潔でもなかったであろう当時の日本で、たかが一匹の蠅のために、そんなに大騒ぎをすることもないように思われる。まあ、世の衰運を嘆こうと思えば、どんな些細な事柄でも、その口実にすることができるということの、これは見本のようなお話ではないだろうか。

しかし私には、このお話が何となく気に入っているということも、同時に告白しておかなければならぬだろう。そもそも説話集や随筆集のおもしろさは、首尾一貫した筋のある物語や、教訓めいた逸話や、作者の主観的な思想の表白などのあいだに、こういう無意味なエピソードが混っているところにあるのだと私はひそかに信じているからだ。いや、無意味なエピソードばかりで編成されていたら、説話集はもっと説話集らしくなって、いよいよおもしろくなるとさえ思われるのだ。そんなことはまずあり得ないけれども。

たとえば、『徒然草』を第一段から順に読みすすんできた私たちが、思わずぎょっとして立ちどまらざるを得なくなるのは、第百四十九段の、

「鹿茸を鼻にあてて嗅ぐべからず。小さき蟲ありて、鼻より入りて脳を食むといへり。」

という部分であろう。これだけの短い文章が、何の意味づけもなく、ぽんと投げ出されているのである。飯のなかに混っていた石を、がりりと歯で嚙んだような思いがする、とでも言ったらよいだろうか。

この石は、小さいけれども物質感のある石で、その点では、『東斎随筆』のなかの蝿のエピソードと変らない。無意味で、しかも、したたかに物質感のある石。こういう石を発見するのが、説話集を読む者の楽しみの一つではないかと私は思う。

おそらく、一条兼良はどうしても虫のエピソードを入れたくて、こんなおかしな蝿の説話を選んだものと思われる。なぜなら『東斎随筆』の鳥獣類は、第一話が犬、第二話が雀、第三話が蝿、第四話が鶯となっていて、魚はふくまれないけれども、鳥獣虫を網羅するような編成になっているからだ。さらに想像をたくましくすれば、この出所不明の蝿の説話が、桃華野人の創作でないとは誰にも断言し得まい。

近ごろでは、煖房設備がいやに発達してしまったせいか、私の家などでは、冬のさなかでも蝿が部屋の中に入ってきて困るほどだ。まぎれもない世の陵遲の徴候である。

それでなくても宅地造成のために、私の住んでいる鎌倉あたりでは、山や丘陵をどんどん切りひらいてしまう昨今であることを思えば、陵遅という古い言葉が、現在ほど、その原義にぴったりする時代はあるまい。延喜帝がこれを見たら、たぶん気が狂ってしまうことでもあろう。ちなみに古語辞典によれば、陵遅の原義は「丘が次第に低くなる意」である。

冬の蠅と言えば、ただちに梶井基次郎の短篇を思い出すけれども、私の家で見かける蠅は、どうもあんなに弱々しくはないようだ。しかし蠅よりも、秋から冬にかけて、わが家に大挙して押しかけてくるのはテントウムシである。白い壁や天井に一塊りに群がり密集して、冬を越すわけだが、ストーブを焚いてやると、目をさまして元気に飛びまわる。円い電燈の笠にぶつかって、ぴんぴんと小さな音を立てる。私はこのテントウムシたちを、私の家にきた可愛いお客さんだと思って、春がくるまで、そのままにしておく。

蠅やテントウムシについて、プリニウスは何と言っているだろうか。そう言えば、『博物誌』三十七巻によって知られるプリニウスも、一種の説話の記述者と考えれば考えられないことはあるまい。

私は、ぐっと趣きを変えて、ここに『博物誌』の最終巻、宝石を扱った第三十七巻十六章からのエピソードを引用しておきたい。じつは少々、下心があるのである。

「エメラルドは一般に凹面になっている。だから視線を集中する働きがある。技術家がこれに手を加えることを避けるのは、そのためなのだ。これを彫り刻むことは禁じられているのである。そればかりか、スキティアやエジプトのエメラルドは非常に堅くて、傷つけることもできないほどである。平べったい形をしているものは、鏡のように物の姿を映し出す。皇帝ネロは一個のエメラルドの中に、剣闘士たちの闘技を眺めたという。」

この文脈から判断すれば、ネロはエメラルドを片眼鏡のように眼窩にはめて、剣闘士の闘技を眺めたのではなく、平べったいエメラルドに闘技場の光景を映して眺めたらしい。戸外の光の反射で、眼がまぶしいのを防ぐためでもあろうか。

いずれにせよ、これも『東斎随筆』の蠅のエピソードと似たり寄ったりのもので、かくべつ意味も思想も寓意もない、一つの馬鹿馬鹿しいお話にすぎないことは申すまでもあるまい。しかし私は、このエピソードにも妙に心を惹かれるのである。

この私のエッセーの題名、じつは「灰とダイヤモンド」のパロディーのつもりなのですが、ワカルカナー。

タランチュラについて

タランチュラという毒蜘蛛がいる。すごい毒蜘蛛で、こいつに噛まれると、その毒の効果によって、人間はどうしても踊り出さないではいられなくなる。男も女も、文字通り、手の舞い足の踏むところを知らず、息を切らし、汗みどろになって、何時間でも踊りつづけなければならないのである。

タランチュラの名は、イタリア南部のプーリア地方の都市、タラントから由来している。長靴のかたちをしたイタリア半島の踵の部分にある、海にのぞんだ古い港町で、昔のギリシアの植民地であり、そのころはタレントゥムと称した。たぶん、毒蜘蛛はこのあたりに多かったのではあるまいか。

私は数年前にタラントへ行って、一晩、薄ぎたないホテルへ泊ったことがあるけれども、幸か不幸か、タランチュラに噛まれるという経験を味わうことはできなかった。

これは自慢にもならないことで、私のような人間には、毒蜘蛛も寄りつかなかったのかもしれない。そんな気がする。

ところで、一説によると、タランチュラに噛まれた人間が踊り出すのは、一種の治療法だともいう。どんな薬もさっぱり効きめがないので、噛まれた者は、やみくもに手足を動かし、そこらを滅茶苦茶に跳ねまわって、毒の痛みをまぎらわせるよりほかに方法がないというのだ。そして踊っているうちに、身体中から滝のように吹き出す汗とともに、次第に毒が去ってゆくのである。いわば発汗療法だ。だれが発明したのか知らないが、もしこんな治療法があったとすれば、それこそ明らかに民衆の知恵というものであろう。

私は、このタランチュラというのは、一つの比喩ではないかと思っている。タランチュラの毒が原因となって、人間は自然に踊り出すのであろうか。それとも毒を放出させるために、人間は意識して踊り出すのであろうか。タランチュラは踊りの原因であるか。それとも目的であるか。——これが問題であろう。

おそらく人間は、だれでもおのれの肉体のなかに、一匹のタランチュラを飼っているのではないか、というのがそもそも私の基本的な考えなのである。タラントでは敬遠されてしまったけれども、この私だって、例外ではないと思っているのだ。時として、このタランチュラが、私たちの肉体をしくしく噛む。すると私たちは踊り出す。踊り出さずにはいられないのだ。しかしながら、この私たちの踊りは、はたしてタランチュラの毒の結果であるか、それとも毒を除き去ろうとする目的に支えられたものか、すでに判然とはしなくなっているのだ。

私たちの勃起や射精という現象も、これにいくらか似ているような気がする。それは内部の欲望の結果として自然に生ずるのか、それとも欲望を処理しようとする私たちの目的意識に支えられて起るのか、どうもはっきりしない。流れ出る汗とともに、奔出するスペルマとともに、私たちはここでもまた、もっぱらタランチュラの毒のごときものを放出しているのではあるまいか。そんな気がしてならないのだ。

最後に私の独断をつけ加えるならば、タランチュラこそ肉体の秘密なのである。

クレタ島の蝸牛《かたつむり》

今年の夏は、ギリシアのクレタ島にあそんだ。

クレタ島といえば、いかにも小さな島みたいな印象をもつひとがいるかもしれないが、アテネから飛行機でイラクリオンの空港に着き、そのままホテルに直行してしまうと、島に来たという感じはまったくしない。なにしろクレタ島は、やたら東西に細長く延びていて、面積はずっと小さいけれども、長さは日本の四国と同じくらいなのである。つまり想像以上に広いのである。

私が泊ったアストリア・ホテルの前の広場には、若い連中がいっぱい群れていて、あたかも往年の湘南海岸のごとくであった。この島を訪れる若い連中の大半は海水浴が目的で、私たちのようにクノッソス宮殿が目的ではないらしかった。

アストリア・ホテルはクレタ第一のホテルだが、ちっとも豪華ではなく、中庭に面した部屋はひどく暑い。冷房がないのだ。こんなところがギリシアらしさなのである。

翌日には、私たちはさっそくお目あてのクノッソス宮殿跡をめざした。音に聞くミノス王の迷宮である。

オリーヴや葡萄の樹の生えたいくつかの丘陵に取り巻かれた、小さな丘がクノッソス宮殿跡で、まわりの丘陵よりやや低いので、ここは盆地状に見える。炎天下では恐ろしく暑いので、私は用心ぶかく麦藁帽子をかぶってきたが、丘の上に立つと涼しい風が吹いてきて、帽子を風に飛ばされそうになったりする。

入り口の切符売場から入ってすぐのところに、遺跡の発掘者アーサー・エヴァンズ卿の胸像がある。丘の上には主として松の樹が生え、どの松にも、おびただしい数の松ぼくりがついている。こんなにたくさん松ぼくりをつけた松の樹は日本では見たことがないな、と私は思ったものだ。しかも拾ってみると、その松ぼくりはずいぶん大きいのだ。

松林ではセミが鳴いている。日本のセミみたいに景気のいい声ではないけれども。

炎天下に遺跡を見て歩くのは、なにより暑くて大変だと聞かされてきたが、高低のある丘を上ったり下ったりしながら、うねうねと曲がりくねった宮殿跡を歩きまわるのは私には非常におもしろく、少しも苦にならなかった。それほど多く見たわけではないが、ギリシアでこんなおもしろい遺跡はないのではないか、と思ったほどだ。

この迷宮の聖なるシンボルというべき、巨大な牛の角あるいはダブル・アックス（双斧）の形が立っていて、私はそれに腰かけて写真を撮った。それはまるでモダン・アートの彫刻みたいだった。

前に大きな松ぼくりとセミのことを書いたが、もう一つ、私が発見したクノッソス宮殿の博物誌として、逸すべからざるものを御報告しておこう。この松の樹の生えた廃墟の丘には、カタツムリの殻がたくさん落ちているのだ。日本のカタツムリとは違って、フランス料理のエスカルゴみたいな、薄い茶色の縞のあるカタツムリである。

私は、そのカタツムリの殻をいくつか拾うと、空になったフィルムのケースのなかに詰め、ぱちんと蓋を閉めて、日本へ持って帰ってきた。わが家にもどってから、付着した泥を洗おうと思って、その貝殻を洗面所の水に漬けると、なんと驚くまいことか、そのなかの一匹はまだ生きていて、タイルの上をのろのろ動き出したのである！

私の旅行鞄に突っこまれ、何度も飛行機の貨物室や電車の網棚に押しこまれて、ギリシアからイタリアのヴェネツィア、パドヴァ、ヴィチェンツァ、マントヴァ、ボローニャとまわり、最後にはパリから東京へやってきたカタツムリは、その約一カ月間、水もなしにプラスチックのケースのなかで、ひっそりと生きていたのである。この生命力、さすがはクレタ島のカタツムリだな、と私は大いに感じ入ったものだ。

私はこのカタツムリを、庭のアロエの鉢のなかに放してやった。生きている以上、自然のなかに返してやるのが筋だろうと思ったからだ。

しかしその翌朝、アロエの鉢を見ると、もうクレタ島のカタツムリはどこへ行ったのやら、影も形もなかった。

たまたま編集者S君が拙宅へ見えたので、私はこの健気なカタツムリの話をひとくさり聞かせてやった。するとS君いわく、

「ふーん、なるほど。そのうちハーフが生まれますな」

「え？　ハーフ？」

「つまり、ギリシアのカタツムリと日本のカタツムリの混血児が生まれるのではないだろうか、と思いましてね」

文字食う虫について

それは五月の終りの蒸暑い季節で、じっとしていても肌が自然に汗ばんでくるような、頭の中まで雨後の茸《くさびら》がはびこり出すような、なんともいえない不快な陽気の一日でありました。私は、除湿器がにぶい音を立てている自宅の書庫のなかで、さっきからただひとり、もう長いこと探しものをしておりました。探しものといっても、なにを探そうとしているのか自分でもよく分らず、ただ頭の中に穴があいて、なにか肝心なものが脱け落ちてしまったような、妙に落着かない苛立たしい気分で、「ええと、なんだっけな……」とか、「そうだ、もしかしたら……」とか、「いや、待てよ……」とか、口のなかで無意味な言葉をぶつぶつ呟きながら、あてもなく書棚の本を出したり入れたりしているだけだったのです。

私の書棚には、イタリア語の原書はそんなに多くはならんでいません。それでも、そのとき、私の手が偶然のみちびきによるかのように、すっと無意識にのびて書棚から引き出したのは、ダンテとアレティーノの本のあいだに挟まっている、古びて紙の色も黄色くなったタッソーの本でした。トルクワート・タッソーの『エルサレム解放』の一巻本でした。常日ごろ手にとって見たこともないような、こんな本をどうしてわざわざ引っぱり出す気になったのか、それは私自身にも分りかねる想像外の心事というしかありませんが、ただ、私は昔からなんとなくタッソーが好きだったのです。その理由はたわいのないもので、私の本名が龍雄というので、タツオとタッソーとが相通じるような気がしていたからです。若いころ、私はよく粋がって、友人への手紙にTasso Shibousawaなどと署名しては得意になっていたものでした。いまは亡きジャン・コクトー氏に手紙を書いたときにも、私はどうやらタッソーと署名していたらしい。なぜなら、コクトー氏は私への返書に、あの特徴的な字体でMonsieur Tasso Shibousawaと書いてきているからです。本当ですよ。嘘だと思ったらコクトーの直筆をお見せしましょうか。

まあしかし、そんなことはどうでもよいのです。私は、昼でも電気をつけなければ字が読めないほど薄暗い書庫のなかで、五百ページばかりの分厚いタッソーの『エルサレム解放』の、ちょうどまんなかあたりのページを気ままにひらきました。そこは第十歌の第六十三節から第七十節にいたる部分でした。御承知のように、『エルサレム解放』は八脚韻の二十歌から成る長篇叙事詩です。節はまちまちで、長い歌は百節以上もあります。もうずいぶん前からわが家の書庫におさまっているはずなのに、その本のその部分をひらいて、そこを読むのは私にとって初めてのことでした。いや、一度は目を通したのかもしれませんが、初めて読むのとまるで変らぬくらい、なにもかもすっかり忘れているのでした。第六十六節を次に引用してみましょう。

Legge la maga: ed io pensiero e voglia
sento mutar, mutar vita ed albergo.
(Strana virtú!) novo pensier m'invoglia;
salto ne l'acqua, e mi vi tuffo e immergo.
Non so come ogni gamba entro s'accoglia,
come l'un braccio e l'altro entri nel tergo;
m'accorcio e stringo; e su la pelle cresce
squamoso il cuoio; e d'uom son fatto......

最後の行の最後の単語が欠けているのは、いま気がついたのですが、おそらく、そこを衣魚《しみ》が食ってしまったためにちがいありません。チーズの内部にある孔のような、紙の上に刻みつけられた不規則な欠隙が、それが虫の食い荒らした跡であることを明らかに証明しています。いわば何年間にもわたって虫の掘った塹壕でもありましょうか。いまいましい虫だ、と私は思わず呟きましたが、それこそ何年間も湿っぽい書庫のなかに放っぽらかしておいたまま、手にとってひらくことさえ絶えてなかった本なのですから、そんな運命に見舞われるのは当然かもしれず、これはむしろ本の管理を怠った私のほうが悪いといえばいえるかもしれません。それはともかく、この一節、妙に私には気になるところがあるので、次に私が日本語に翻訳してみましょう。もとより私はイタリア語を能くするものではありませんが、辞書を片手に簡単な意訳をするぐらいなら、私にだってできないことはありますまい。

魔女が本を読み出すと、私の意志と望みに変化がおこり、生命《いのち》とからだが移ろいゆくのを私は感じた。
（ふしぎな力だ！）　新たな意志が私を駆り立て、
私は水に飛びこみ水に沈んだ。
どうしたわけか、両の脚が一つにぴったり結びつき、
左右の腕が背中にもぐりこむのであった。
私は小さくちぢまって、皮膚に鱗が生えしげり、

一転、人間から……と化していた。

魔女というのは、申すまでもなくダマスクスの王イドラオテの姪で、悪魔と交際のある叔父から魔法をたっぷり教えこまれた、若く美しいアルミーダのことです。彼女が片手に鞭をもち、片手に魔法書をもって、低い声で呪文を唱え出すと、招宴の席にいた十字軍の騎士たちは、たちまち自分の意志も望みも自由にはならなくなり、自分の生命の宿るからだささえ変化し出して、われにもあらず水中に飛びこんでしまいます。するとふしぎなことに、二本の脚は癒着して一本になり、腕はするすると背中に陥入し、からだは小さくちぢまって、銀色の鱗が全身にはえ、騎士たちは人間から魚に転身……いや、はたして魚かどうかは分りません。なにしろ私のテキストでは、この部分は残念ながら欠落しているのですから。衣魚に食われて穴があいているのですから。

私は本をひらいたまま小卓の上に置いて、一息入れるために、消えていたパイプに火をつけようと思いました。そのとき、タッソーのテキストの上を、なにか銀色に光る小さなものが、さっと走りすぎたように感じました。目の錯覚かとも思いましたが、そうではありません。

私は咄嗟に、左手にもっていた大きな長方形の虫眼鏡で、その銀色に光る小さなものをページの上に伏せました。御存じの方も多いと思いますが、この大きな虫眼鏡というのは、さる出版社が創立八十周年を記念するために文筆家たちに配ったものです。必ずしも常連執筆者ではない私のところにまで配られてきたのですから、ずいぶん大勢にばらまいたのでしょう。文筆家のなかには、老眼鏡のお世話にならなければならないものも多いことですし、こまかい字を読むときには、私のようにルーペを必要とするものも多いらしいので、この記念品は意外に好評だったと伝え聞きます。卓上に置いたときガラスのレンズを傷めないように、周囲の枠を幅ひろく取ってあるので、この虫眼鏡、下に置いてもレンズとのあいだにいくらか隙間ができます。その隙間のなかに、私は銀色の小さな光りものをうまく閉じこめてしまったのでした。

それは一匹の虫でした。魚のような虫でした。いわずと知れた衣魚であります。あの『本草綱目』の著者が「その形やや魚に似たり」と書いたところの白魚、蟫魚、壁魚、陸魚、蚋魚、蠹魚、紙魚、衣魚、すなわち日本古来の名称でいえばキララムシ、シミであります。そいつは銀色の甲冑のようにきらきら輝く、八ミリばかりの紡錘形をした姿態をひらめかして、暫時、めまぐるしくレンズの下を走りまわっておりましたが、やがて脱出することは不可能だとさとったのか、観念したように、じっと動かなくなりました。押しつぶされて死んだわけでは決してありません。前にも申しましたように、レンズと紙とのあいだには、小さな平べったい虫が、自由に動きまわることを保証するだけの空間的な余裕がたっぷりあったからです。

レンズを通して眺められた虫は、虫だというのに翅もなく、身体にはいくつも節があり、頭部に一対の触角と、尾部に三本の長い尾をはやして、まるで古生代ゴトランド紀の甲冑魚のように、いぶし銀の鎧をきているといった恰好でした。なかなかモダーンないでたちです。擬古典主義のトップモードと称しても、昆虫界では十分に通用することでしょう。光線の加減で、それが時に大きく引きのばされたり、小さくちぢんだりして見えるのも、別して異様な眺めでありました。

私はゆっくりパイプに火をつけると、レンズの下に閉じこめられて、神妙に身じろぎもせず、次の私の裁決を待っているらしい小さな虫を眺めながら、こういいました。

「そうか。なるほど。こいつがタッソーを食っちまったのか。」

すると驚くべきことに、この虫が私に答えるのでした。いままで身じろぎもしなかったからだを、恥辱のためか悔恨のためか、ぶるぶる小きざみに震わせながら。

「どうもすみませんでございます。腹がへっていたもので、つい……」

澄みきった美しい声でした。かぼそく、絶え入るような声でした。ヒグラシという蟬の鳴き声を読者は御存じでしょう。むろん、あれほど大きな声ではないが、もしヒグラシが人語をあやつるとすれば、こんな声でもあろうかと思われるような、それは美しい声だったのです。私はおぼえず、ややうろたえて、

「いや、タッソーを食ったことを一概に咎めているわけではありませんよ。ただ、食

うなら食うで、字の印刷されていない白い紙の部分を食ってほしかったですね。少なくともタッソーの詩が読めるようにね。」

「ただの白い紙は、食ってもそれほどうまくはないのです。どうせ食うなら、私どもは字を食いたい。字がうまいのです。」

私は少し意地悪なサディスティックな気持になって、からむように、

「ふむ。それならば聞くがね、字ならなんでもうまいのですか。」

実際、字ならなんでもうまいというはずはなく、字のなかにも、うまい字とまずい字とがあるにちがいないことを、私は直観的に見やぶっていたのです。字というよりも、ここではむしろ観念といったほうがよいかもしれません。たとえば第十歌第六十六節のなかで maga（魔女）だとか tergo（背中）だとか squamoso（鱗だらけの）だとかいったような字は、どう考えても、それほどうまかろうはずがないのです。やはり虫は虫なりに、とくに彼らにとって美味と判断された字を食うのではあるまいか、きっとそうにちがいない、と私はにらんだのです。

虫は一層はげしく、いぶし銀の鎧から周囲に鱗片が飛びちるほど、ぶるぶるからだを震わせはじめたかと思うと、

「そこまでお見通しだとは存じませんでした。それでは、なにもかも包みかくさずに申しあげることにいたします。私どもには、特別に好ましい字がございます。その字

を見ると、どうしても食わずにはいられないのです。」

「きみがタッソーの詩のなかから食った字が、それですね。」

「はい、さようで。」

私はそこで、ちょっと口をつぐみました。これといった理由もないのに、虫の口からその字を聞き出すことが、なんだかひどく照れくさいような、ひどく恥ずかしいような気がしてきたからです。それでも思いきって、胸をどきどきさせながら、

「その字は、なんという字ですか。」

すると虫は、急にあらたまった調子で、こういうのでした。

「ひとつ交換条件がございます。きっとお教えいたしますゆえ、そのかわり、このレンズの下から私をぜひ解放してくださいませ。あなたが手でレンズをお持ちあげになったら、間違いなく、その字をお教えすると約束いたしましょう。」

もうなにも考えられなくなって、私は虫にいわれるままに、さっそくレンズを本のページから五センチばかり上方へ、そっと左手で持ちあげました。とたんに、

「Un pesce……」

玉がひびくような澄んだ声をのこして、虫はふたたび銀色の身体をひらめかせつつ、タッソーのテキストの上を、さっと走って逃げました。一瞬にして、そのすがたは私の視野から消えておりました。

かくて、私はひとり茫然として書庫に取りのこされたわけですが、どういうものか、緊張のあとの快い弛緩に似たものが、あとからあとから波のように押し寄せてくるのが感ぜられてなりませんでした。その快い波に身を浸しながら、私はぼんやりと思考を追っておりました。もしかしたら、あのいぶし銀の鎧をきた小さな衣魚は、アルミーダの魔法によって魚に転身せしめられた、かつての十字軍の騎士ではなかったろうか。あいつはてっきり、自分が魚を食ったつもりになっていたようだが、じつは、あいつ自身が魚なのではなかったか。そしてさらにいえば、私自身も遠い過去においては、まぎれもない一匹の魚だったのではあるまいか。そんな漠然とした想念が、しきりに私の頭のなかを去来するのでありました。

もう一つ、最後におかしなことを書いておきます。私はその日、朝から頭の中にぽっかり穴があいて、なにか肝心なものを忘れてしまったような、どうしてもそれが思い出せないような、妙に苛立たしい気分に悩まされつづけていたのでしたが、あの虫の美しい声を聞いてから、それがまるで嘘のように、きれいさっぱりと雲散霧消してしまったのです。これも考えてみればふしぎなことで、どう説明しようにも説明のつかないことではあります。

＊

さて、ばかばかしいお話はこれくらいで切りあげて、今度は少し真面目なことを書くとしよう。

私は前から気になっているのだが、中国や日本では、むかしから人間が魚に転身する物語があれほど多いのに、ギリシア神話以来のヨーロッパ文化の流れのなかでは、絶無とはいわないまでも、それがきわめて少ないのである。せいぜい海豚になったテュレニアの水夫たちぐらいのものではなかろうか。そういう見地から眺めるとき、さきほど私の紹介した、タッソーの『エルサレム解放』第十歌におけるアルミーダの魔法の例は、珍重すべき例だといえる。ただし、人間から魚に変化する過程の描写は、かなり類型的なものと考えてよく、その直接のお手本はダンテの『地獄篇』にあると見て差支えないだろう。ダンテの場合は、しかし魚ではなくて蛇である。蛇への転身ならば、ヨーロッパにもその例を多く見るのである。寿岳文章氏の訳文を借りて、その部分（第二十五歌、一〇六行以下）を次に引用してみよう。タッソーの描写と比較していただきたい。

「両脚と両股は、みごとに密着し、見る見るつぎ目のあともかき消えて、いささかの痕跡をとどめず。」

「私は見た、両腕が腋の下にすべりこみ、毛物の嘗て短かった二本の足が、相手の両腕の縮まるにつれ、ぐんぐんと伸びてゆくのを。」

ダンテよりもっと古くは、あのローマのオウィディウスの『転身譜』である。ここにも、よく似た描写が見られる。田中秀央、前田敬作両氏の訳を借りて、その部分（巻四、五七六行以下）を次に引用しておく。

「すると、皮膚がかたくなって、鱗がはえ、黒ずんだ身体のあちこちに青味をおびた斑点があらわれるのを感じた。かれは、胸を下にして腹ばいになった。両足は、ひとつに癒着し、だんだん先細りして尻尾になった。」

人間が魚と化する一つの転身譚として、古今東西の文学作品のなかで、もっとも高度な芸術的洗練を誇っているのは、疑いもなく日本の十八世紀の上田秋成の「夢應の鯉魚」であろう。しかし、ここには西欧作品に見られるような、描写というものがほとんどない。そのあまりの簡潔さに、私たちはあっけらかんとし、かえって千万言にまさる力強さをそこに見ることにもなるのである。

「不思議のあまりに、おのが身をかへり見れば、いつのまに鱗金光を備へて、ひとつの鯉魚と化しぬ。あやしとも思はで、尾を振り鰭を動かして、心のままに逍遥す。」

＊

私は前に衣魚のお話を書いたが、炯眼の読者ならば、これが『今昔物語集』の一説話から不手際にヒントを得たものであることを、容易に見抜くであろう。私には独創性を徳とする気がさらさらないので、そのくらいならば、いっそ自分で自分のお話の種明かしをすることを楽しみたいのである。（なんと、まれに見る良い趣味ではあるまいか。）

『今昔物語集』巻十四第十三の「入道覚念、法花ヲ持シテ前生ヲ知レルコト」という説話については、同集巻七第二十にも似たような話があり、さらに『法華験記』巻中第七十八にも類話があって、一般に『今昔』の説話は『法華』のそれに基づいて構成されたものと認められている。私には、どちらが先であろうと後であろうと、話の内容さえおもしろければそれでいいので、いま両者を適宜に参看しながら、私の手で物語を再構成してみたいと思う。といっても、ごく短い話だから、あらたまって再構成というほどのこともないであろう。

明快律師の兄にあたる覚念という坊主が、道心をおこして出家してから、きまりきった手順をふんで、まず法華経を習いおぼえ、朝晩、訓読でこれを誦していた。しかるに、お経のなかの三行の文章が、どうしても読めないのである。読みすすんで、その部分にいたるごとに、必ずその三行の文章を失念してしまう。いくら暗誦を積んでも、そこへ来るたびに、けろりと忘れてしまうのだから始末がわるい。覚念はこれをふかく歎き悲しんで、三宝に祈念して加護を求めた。すると夢のなかに気高い老僧が出てきて、覚念にこう告げた。「おまえには宿因があるから、どうしても三行の文章がおぼえられないのだよ。おまえは前世で衣魚という虫だったのさ。そして法華経のなかに巻きこめられて、その三行の文章を食っちまったのさ。まあそれでも、お経のなかに住んでいたおかげで、この世ではなんとか人間の身に生まれ変り、こうして出家して、仔細らしく法華経なんぞを読んでいられるわけだがね。とにかく経文を食っちまったために、その三行の文章がおぼえられないのさ。しかしまあ、おまえもねんごろに懺悔したことだから、わしが冥助を加えて、すらすらと読めるようにしてやろうか。」

こうして夢からさめると、覚念はそれ以後、つっかえずに法華経が読めるようになったという。話はそれだけである。

*

ところで、私がこの入道覚念の話に惹かれるものを感じるのは、この話のなかの時間が過去・現在・夢という三つの位相に分れていて、その三つの位相が互いに相矛盾するということのためなのである。つまり私は、この話を一つの時間的パラドックスとして理解しているのである。次のように整理してみたらどうであろうか。

過去（前世）＝衣魚　　＝経文を食う（知る）

現在（現世）＝僧　　＝経文を忘れる
夢　　＝僧＋衣魚＝経文を思い出す

もし私がこの話の論理的構造を分解して、さらにおもしろい一つの物語に組み立て直そうと考えたとすれば、次のように修正の筆を加えるであろう。すなわち、覚念は夢のなかで老僧に会って、自分の前世を知り、忘れていた経文を卒然として思い出す。それは彼が夢のなかで衣魚になっているからなのである。しかし目がさめたとたん、覚念はそれをふたたび忘れてしまう。なぜかといえば、人間界にもどったからである。夢という特権的な場において、覚念は前世の衣魚の身にもどり、ふたたび経文を生きるのだが、そういうことは夢においてのみ可能であり、覚醒時の日常的世界では不可能なのである。

経文を食うということは、取りも直さず経文を生きるということ、あるいは経文を知るということでなければならぬ。経文を食った衣魚は、食ったがために経文を知ることはできたが、さりとて虫だから、人語をあやつるわけにはいかぬ。人語をあやつるためには人間でなければならぬ。しかるに、ひとたび人間に生まれ変ってしまえば、前世の記憶は完全に失われる。その失われた記憶をふたたび取りもどさせるのは夢であるが、夢はあくまで夢であって、夢のなかの可能事を覚醒時の日常的世界にまで延長させることはできない。夢のなかで奇蹟的に復活した前世は、夢が消えるとともにあえなく消えてしまうのだ。――私がパラドックスというのは、このように相互のあいだで矛盾した、前世と現世と夢という三つの位相の関係のことである。

これはパラドックスというよりも、むしろ悪循環といったほうが正しいのではないかという気もする。すなわち、人語を発することができない衣魚は、なんとかして人間に生まれ変って、お経の読める身になりたいと考えるが、いくら転身に転身を重ねても、結局、衣魚と人間（お経の読めない人間）のあいだを堂々めぐりするばかりで、二つのことを同時に満足させることはできないのだ。二つのこととは、経文をおぼえることと、人語をあやつることとである。衣魚には前者が可能で、後者が不可能である。入道覚念には後者が可能で、前者が不可能である。夢の世界でだけは、もしかしたら二つのことが同時に満足されるのかもしれないが、かりにそうだとすれば、そこではおそらく、衣魚でもない入道覚念でもない、この二者を弁証法的に止揚した、なにか異様な存在が生きているということになるであろう。これが悟りの境地なのかもしれないが、そこまで行けば、もはやこの物語は運動を停止して終ってしまうだろう。

虫干や紙魚声あらば句や鳴ん　蓼太

＊

前にも述べたように、この説話には一つのヴァリアントがあって、それが『今昔物語集』巻七第二十の物語である。中国の話になっていて、私には、入道覚念の話ほどおもしろいとは思えないが、御参考までに次に紹介しておく。

震旦の秦郡の東寺という寺に、なんという名前か、ひとりの若い沙弥が住んでいて、法華経を上手に読んでいたが、その第五品「薬草喩品」に出てくる靉靆という二字にぶつかると、いつもきまって読みかたを忘れてしまう。いくら教えても駄目なので、その師が叱っていうことには、「おまえは法華経のほかの部分は上手に読むが、どうして靉靆という字だけがおぼえられないのか。おかしなやつじゃ」と。

ある夜、この師が眠っていると、夢のなかに僧があらわれて、こう告げた。「あの沙弥をいくら叱っても無駄じゃよ。あいつは前世で、この寺の近くの東の村に住む女だったのじゃ。その女、いつも感心に法華経を読んでいたものだが、その法華経の経文は、靉靆の二字だけ衣魚に食われて欠けていた。そういうわけで、いまは沙弥に生まれ変ってはいるが、靉靆の二字だけがどうしてもおぼえられないのじゃよ。嘘だと思ったら、その女の住んでいた家に行ってみるがよい。」

翌朝、師が東の村へ行って、その女の家の主人に問いただすと、はたして家には法華経のあることが分った。持ってこさせて、ひらいて「薬草喩品」をしらべると、夢のお告げの通り、ちゃんと霎靆の二字が欠けている。主人のいうには、「私の妻はずっと前に死にましたが、在世中、つねづねこのお経に親しんでいたのです」と。聞いてみると、彼女が死んだのは十七年前だった。それは沙弥の年齢とぴったり同じだったという。

この話が、前の入道覚念の話とちがっている点は、まず第一に、衣魚と人間（沙弥）とのあいだに、死んだ女という存在を介入させている点であろう。いわばワン・クッション置いているのだ。それは夢の扱いかたでも同様で、ここでは生まれ変った本人が夢をみるのではなく、その代理人ともいうべき師が夢をみることになっている。つまり、ここでもワン・クッション置いているので、構造はより複雑になっているように見えるが、物語の衝撃力は明らかに落ちているといえるだろう。やはり人間と衣魚とをストレートにむすびつけなければ、この物語の精髄ともいうべきものは、ぼやけて拡散してしまうのではないかと私は思う。

とはいえ、この第二のヴァリアントでおもしろいのは、前の入道覚念の話ではまったく不明であった、法華経中の忘れられた個所というのが、霎靆という二字にはっきり限定されていることであろう。どうして衣魚が霎靆という二字を食ったのか、霎靆という二字にはどんなニュアンスがあるのか、これを気ままに追求してみるのも一興かと思うが、そこまでの余裕は私にはなかった。

＊

経文を食うということは、取りも直さず経文を知るということでなければならぬ、と私は前に書いたが、このことの恰好の例証ともなるような伝説が伝えられているので、ついでながら、それをも御報告しておきたい。

李時珍の『本草綱目』のなかに、次のようなことが書かれている。すなわち俗間の伝説に、衣魚が道教の経巻のなかに入って、神仙と書いてある文字を食うと、身の色が五色になる。ひとがそれを取って呑むと、その身が神仙になるという説があるので、唐の張易之の子が、紙に神仙という字をたくさん書き、これを引き裂いて瓶のなかに入れ、その瓶に衣魚をほうりこんで、その文字を食わせ、かくて首尾よく神仙になろうとたくらんだが、それは失敗に終って、とうとうその男、精神病になってしまったという。

ずいぶん横着な話もあったもので、ひとの褌で相撲をとるという言葉があるが、この張易之の子というのも、いわばその伝であろう。瓶のなかで人工的に五色の衣魚を飼育して、こいつを存分に食って、自分ではなにもお経を読まずに、一挙に神仙の高みに翔けあがろうというのだから、あっぱれ天下一の怠けものの名に恥じない。精神病になったという点だけは願い下げだが、少なくともそのアイディアは卓抜であり、もって範とするに足る人物ではあるまいか。

もうお気づきであろうが、この衣魚の人工飼育のエピソードは、さきほどの『今昔物語集』のなかの二つの物語とは、そのヴェクトルを完全に背反させている。すなわち、衣魚から人間へという方向ではなくて、人間から衣魚へという方向を示しているのだ。食うことは知ることであるから、知らんがために食うという方向である。こうなってくると、神仙たらんとして衣魚を食った張易之の子と、神仙の文字を食った衣魚とのあいだには、そもそもどれだけの逕庭があるだろうか。

いずくんぞ知らん、張易之の子は衣魚それ自身だったのだ。

解説　虚数としての博物誌

獄本《たけもと》野《の》ばら

『高丘親王航海記』――『蘭房』より引用する。

「そう。天竺《てんじく》の極楽国にいる鳥よ。まだ卵の中にいるうちから好い声で鳴くんですって。顔は女で、からだは鳥。」

――と、澁澤の『私のプリニウス』の書き出しを真似てみるのは、この『極楽鳥とカタツムリ』の性質を最初に示しておきたいからです。澁澤の膨大な作品群より、動物、鳥類、海洋物、虫……の扱われる小品をアンソロジーとして並べる本書は、空想上のものと実在するものが混在して取り上げられている。

先ずは解説で大意を悟ろうという横着者がいるので注意を促しますが、それらのオブジェクトを雑学で取り入れようと、読むのを検討なさっておられるのならやめたほうがいい。何せ、嘘ばかり書いてある。否、失礼、真実とは限らぬ説明がかなりの確率で出てくる。

「象がこっそりと交尾するのは、もっぱら慎みぶかさのためである」——てな具合。これは象の説明を、澁澤が偏愛する古代ローマの博物学者、ガイウス・プリニウス・セクンドゥスが記した全三七巻からなる『博物誌』から引用するせいです。無論、澁澤はプリニウスがいい加減なことを著述しているは百も承知。アリストテレスの受け売りならまだしも——アリストテレスはただ、「象はさびしいところで交尾する」と書いているだけで、べつに「慎みぶかさのため」とか何とか、もっともらしい理窟をつけてはいない。——脚色を加えるプリニウスの筆に、苦笑します。法螺《ほら》吹き、剽窃《ひょうせつ》家、見てもいないことを書いている……。酷評しますが、しかし、澁澤は、常に必ずプリニウスを擁護する。

「学問や研究のために威儀を正して読むというような読み方は、おそらくプリニウスにふさわしくないだろう。あんなに嘘八百やでたらめを書きならべて、世道人を迷わせてきた男のことだ。私たちとしても、そういう男にふさわしい付き合い方をしてやらねばならぬ。」（『私のプリニウス』）

悪口をいいだしたんはお前やんけ！ ——と思うのですが、こういう所業を澁澤は往々にして行います。澁澤のテキストが難解であるとすれば、博覧強記でなく、この自家撞着のようにして顕れるパラドクスに原因があるのではないでしょうか。

健全なる暗黒、爽快の猥褻《わいせつ》、成熟の頑是《がんぜ》なさ、放埒《ほうらつ》の精緻……。真理を導き出す為の学問が、澁澤には辻褄《つじつま》が合っていないからこそ価値を持つものとして尊重される。右回りの者は上り続け、左回りの者は下り続ける階段を描くエッシャーの騙《だま》し絵のような運動の現象が澁澤の中では絶えず起こっている。

矛盾してるじゃないかと指摘したくなれども、ペンローズの階段のように、その不可能図形は、しかし二次元上では成立しているので迂闊《うかつ》に誤謬を糾《ただ》せない。本書にあるよう、澁澤は貝殻に深い執着を示す。

「あの美しい幾何学的な曲線、なめらかな石灰質の光沢、あれが自然の生み出した作品だということだけで、わたしには、すでに神秘であり驚異である。」

この文章にみられるよう、澁澤は貝殻の幾何学的フォルムや質感――人工的で反自然としか思えぬものが人為のものでないこと――に感動を憶える。でも、頑張って蒐《しゅう》集《しゅう》する訳ではなく、何かのついでに海岸で拾ったり、人に貰ったものを応接間に置くだけなのです。そして貝殻の幾何学は《明晰かつ判明》と頷きながらも、ジョヴァンニ・ベリーニの――二人の男のかつぐ巨大な貝殻のなかから、裸の男が、腕に蛇を巻きつけて出てくる――荒唐無稽《こうとうむけい》なる絵の描写に興味を抱きます。

《明晰かつ判明》でありつつも、嘘八百やでたらめでなければ澁澤は承知しない。否、でたらめを成立させるため、周到なロジックが用意されていなければ赦《ゆる》さないとしたほうがよいでしょう。だからして己の書く文章も畢竟、衒学的《げんがく》になる。

プリニウスのもっともらしい嘘も本当の部分があるから澁澤を惹き付ける。澁澤はクラウディウス帝がテッサリアで半人半馬のヒッポケンタウロスが生まれたが、すぐ死んだと記すが、クラウディウス帝亡き後、誰もそれを信用せぬ中、屍体は蜂蜜漬けにされ、保存された。自分はそれを観たことがある——とプリニウスが『博物誌』で言及する部分を、とても面白がります。

「いつもは引用でお茶をにごしているプリニウスが、こんなふうにけつを捲《まく》った例はめずらしい。こういう記述を読むと、私はつい嬉しくなってしまう。」（『私のプリニウス』）

嘘じゃねぇもん。俺、観たもん！　といわれてしまえば、否定の仕様がない。

この何が真実であるかの澁澤独自のイズムは、本書の『極楽鳥について』を読むととても解りよいと思います。古くからヨーロッパには極楽鳥には脚がないという伝承が、あった。ヴィクトリア号が持ち帰った極彩色の羽根を持つ鳥（パラディィセア・ミノル）の剝製《はくせい》に脚がなかったことが、伝承を更にまことしやかとすることとなった。脚を端折ったのは原住民の細工だったが、剝製を調べたスペインの博物学者、ロペス・デ・ゴラマは、まんまと騙された。しかし、本当に騙されたのだろうか？　彼は騙された振りをして極楽鳥の伝承をそのままにしようとしたのではないか？

澁澤はこの文章で例外的に、プリニウスさながら、己の邪推を激しく展開させます。そもそも古来よりの極楽鳥伝説なんてものもなく、それは、剥製に脚がないのに付け込んだロペス・デ・ゴラマの作り話で、十六世紀以降、定着したものかもしれぬ、とすら勘繰る。

何故、澁澤はこんな横車を押そうとしたのか？　そのほうが自分の嗜好に合って、しっくりくるからです。つまり澁澤にとっての真実とは、考古学上や科学的に整合性を持つものであらねばならぬものでなく、自身のファクターに由来するべきものなのです。

《明晰かつ判明》な経過を踏まえなくてはならないのは、公理をザツに扱えば要素(element)そのものが無効になってしまうからです。逆で述べるなら、公理さえクリアであれば、現実のものとして不成立であっても真実となる。澁澤にとってのそれは数学に於ける虚数のようなものでしょう。2乗したらゼロ未満になる複素数――その数の林檎《りんご》はなく、その数字を定規の目盛りに記すことは出来ないのだけれども、概念上は存在する数――しかし、量子力学の世界では有効となる――が、現実世界において、エッシャーの絵のようにパラドキシカルとなってしまうのは不思議ではない。

「いつの時代でも、哲学くらい流行に左右されやすいものはない。」――プリニウス擁護の折に使われる澁澤の言葉は、只の懐疑論でなく、であるからして、真実は私にある。我、想う故に我あり――に非ずして、我が想う世界こそ、世界である。内と同時に外に向かう同等（↕）のアイデンティティの在り方を宣言するものでしょう。

イデオロギーに於いて常時距離を保った澁澤が、死刑廃止論者だったことがどれだけ知られているかは不明ですが、サドやジル・ド・レ侯に傾倒しようが、そのスタンスだったのは、パラドクスを示すものではありません。恐れずいうなら、澁澤にとっては誰もが殺人をも犯す権利と自由を持つのです。それを法が規制し裁くは当然ですが、法というルールの許に人命を奪う権限が与えられる筈はない。

「いつの時代でも、哲学くらい流行に左右されやすいものはない。」の〝哲学〟に〝良識〟を代入してみると、彼のファクターを司る法則のあらましが浮かび上がってくると思います。

軍国少年ではなかったが少年期に敗戦、安保闘争に積極的に参加しなかったものの（現代思潮社の石井恭二氏が連行し、デモに加わったことはあるらしい）、その延長線上で友である三島由紀夫の死を体験しなければならなかった澁澤が、どれだけモラル、或いは正義というものの曖昧を痛感していたか、僕達は想像するがそんなに難しくはない筈です。

「一九七〇年という年は、まず何よりも三島由紀夫が腹を切った年である。一九四五年の終戦とともに、私の生涯の里程標を、この年に置かなければならないと思っているくらいである。」

プリニウスの話が中心になりましたが、本書では『私のプリニウス』からは五編の抄出に留まります。しかし最初の二編、澁澤の創作である『高丘親王航海記』から選ったものの文中にも『博物誌』に登場するオブジェクトは至る処、鏤《ちりば》められている。『私のプリニウス』の『ユリイカ』での連載が一九八五年一月から八六年の十月、『高丘親王航海記』の『文學界』での連載が一九八五年八月から八七年の六月なので、二つの作品が互いを補完し合っているは確か。プリニウスの嘘を高丘親王に見聞させることで、ロペス・デ・ゴラマが極楽鳥伝承を確固たるものに変えたような錬金の術を澁澤が目論み、試みようとしたかは未詳ながら、本書を読んだ後、この二冊を繙《ひもと》けば、思わぬ澁澤のギミックに、顔が綻《ほころ》んでしまうことは請け合います。

――そのイビスが長いくちばしを肛門にさしこんで、みずから灌腸するというのだからおもしろい。――「獏《ばく》は三匹とも、朝になって、よい香りのする糞をひったものだ」。

澁澤ぁ！　下ネタ、多過ぎるんだよー。それも肛門だとか糞だとか尻だとか、お前は子供かぁー。もはや全集を所持している澁澤フリークの方々にも、本書でこの無邪気な澁澤の性癖を再確認頂きたい。バタイユを訳した人だしね。アナルや臀部《でんぶ》に強く反応するのは当然といえば当然なのだけれども……。

出典・初出一覧

儒艮　『高丘親王航海記』文藝春秋　一九八七年
獏園　『高丘親王航海記』文藝春秋　一九八七年
象　『私のプリニウス』青土社　一九八六年
犀の図　『幻想博物誌』角川書店　一九七八年
ドードー　『幻想博物誌』角川書店　一九七八年
鳥のいろいろ　『幻想博物誌』角川書店　一九七八年
鳥と風卵　『私のプリニウス』青土社　一九八六年
極楽鳥について　『ドラコニア綺譚集』青土社　一九八二年
桃鳩図について　『ドラコニア綺譚集』青土社　一九八二年
海ウサギと海の動物たち　『私のプリニウス』青土社　一九八六年
原初の魚　『幻想博物誌』角川書店　一九七八年
魚の真似をする人類　『太陽王と月の王』大和書房　一九八〇年
頭足類　『私のプリニウス』青土社　一九八六年
海胆とペンタグラムマ　『幻想博物誌』角川書店　一九七八年

貝　『幻想博物誌』角川書店　一九七八年
貝殻頌　『ホモ・エロティクス』現代思潮社　一九六七年
貝殻について　「幻想庭園散歩」「ガーデン・ライフ」所収　一九七一年
貝殻について　『夢の宇宙誌』註　美術出版社　一九六四年
私の昆虫記　『記憶の遠近法』大和書房　一九七八年
箱の中の虫について　『ドラコニア綺譚集』青土社　一九八二年
スカラべと蟬　『私のプリニウス』青土社　一九八六年
毛虫と蝶　『幻想博物誌』角川書店　一九七八年
蟻の伝説　『幻想博物誌』角川書店　一九七八年
蟻地獄　『玩物草子』朝日新聞社　一九七九年
蠅とエメラルド　『記憶の遠近法』大和書房　一九七八年
タランチュラについて　『魔法のランプ』立風書房　一九八二年
クレタ島の蝸牛　『魔法のランプ』立風書房　一九八二年
文字食う虫について　『ドラコニア綺譚集』青土社　一九八二年

極楽鳥《ごくらくちょう》とカタツムリ

二〇一七年 七 月一〇日　初版印刷
二〇一七年 七 月二〇日　初版発行

著　者　澁澤龍彦《しぶさわたつひこ》

発行者　小野寺優
発行所　株式会社河出書房新社
〒一五一－〇〇五一
東京都渋谷区千駄ヶ谷二－三二－二
電話〇三－三四〇四－八六一一（編集）
〇三－三四〇四－一二〇一（営業）
http://www.kawade.co.jp/

ロゴ・表紙デザイン　粟津潔
本文フォーマット　佐々木暁
カバー装画　©Moyoko Anno/Cork
印刷・製本　中央精版印刷株式会社

Printed in Japan　ISBN978-4-309-41546-8

ヨーロッパの乳房

渋澤龍彦　41548-2

ボマルツォの怪物庭園、プラハの怪しい幻影、ノイシュヴァンシュタイン城、骸骨寺、パリの奇怪な偶像、イランのモスクなど、初めての欧州旅行で収穫したエッセイ。没後30年を機に新装版で再登場。

華やかな食物誌

澁澤龍彦　41549-9

古代ローマの饗宴での想像を絶する料理の数々、フランスの宮廷と美食家たちなど、美食に取り憑かれた奇人たちの表題作ほか、18のエッセイを収録。没後30年を機に新装版で再登場。

神聖受胎

澁澤龍彦　41550-5

反社会、テロ、スキャンダル、ユートピアの恐怖と魅惑など、わいせつ罪に問われた「サド裁判」当時に書かれた時評含みのエッセイ集。若き澁澤の真髄。没後30年を機に新装版で再登場。

エロスの解剖

澁澤龍彦　41551-2

母性の女神に対する愛の女神を貞操帯から語る「女神の帯について」ほか、乳房コンプレックス、サド=マゾヒズムなど、エロスについての16のエッセイ集。没後30年を機に新装版で再登場。

澁澤龍彦　初期小説集

澁澤龍彦　40743-2

ガラスの金魚鉢に見つめられる妄想に揺れる男の心理を描く「撲滅の賦」、狼の子を宿す女の物語「犬狼都市」、著者唯一の推理小説といわれる「人形塚」など読者を迷宮世界に引き込む九篇の初期幻想小説集。

滞欧日記

澁澤龍彦　巖谷國士〔編〕　40601-5

澁澤龍彦の四度にわたるヨーロッパ旅行の記録を数々の旅の写真や絵ハガキとともに全て収録。編者による詳細な註と案内、解説を付し、わかりやすい〈ヨーロッパ・ガイド〉として編集。